AMOR

AMOR
AMOR
AMOR

Las mujeres de
Federico

Lunwerg es un sello editorial de Editorial Planeta, S. A.
Avenida Diagonal, 662-664 - 08034 Barcelona
Calle Juan Ignacio Luca de Tena, 17 - 28027 Madrid
lunwerg@lunwerg.com
www.lunwerg.com
www.instagram.com/lunwerg
www.facebook.com/lunwerg
www.twitter.com/LunwergLibros

Primera edición: noviembre de 2021
Primera reimpresión: diciembre de 2021
ISBN: 978-84-18260-99-5
Depósito legal: B. 8.528-2021
Imprime: Macrolibros

Impreso en España

El papel utilizado para la impresión de este libro es cien por cien libre de cloro y está calificado como papel ecológico.

Las mujeres de Federico

Ana Bernal-Triviño

Lady Desidia

LUNWERG EDITORES

ÍNDICE

A Federico.
A las mujeres de mi vida.

A.B.

A las indomables.
A la luna, luna.

L.D.

Queridas compañeras:

Sé que no nos conocemos. Nunca hemos estado juntas, pero es más lo que nos une que lo que nos separa.

Como vosotras, soy una de las protagonistas de las obras de Federico García Lorca, rebelada ante la absoluta incapacidad de existir como mujer libre. Presiento que ha llegado el momento de romper nuestro silencio. He comprobado cómo el yugo de ser mujer ha condicionado nuestra historia.

Hoy dicen que las mujeres son más libres. Creo que ya podemos ser escuchadas y reivindicar lo que nos corresponde. Merecemos otras vidas. Podemos derribar los muros que nos tapian y asfixian si damos un paso hacia delante y reconocemos que podemos aspirar a más.

Me gustaría que nos encontráramos para hablar de nuestra realidad ante nuestro autor el próximo 17 de agosto, en la víspera del día de su partida. Ojalá nos escuche. Al menos, que podamos expresar nuestro dolor y nuestras limitaciones.

Deseo con todo fervor que me apoyéis en esta causa que es de todas. El silencio no nos salvará.

Os espero en la casa de la Huerta de San Vicente. Allí aguardaré vuestra llegada con ansia y alegría. Anhelo conocer vuestras vidas.

Con afecto,

Rosita

LA ROSA ROJA

Doña Rosita se mordió el labio inferior con emoción mientras depositaba sobre la mesa del comedor la carta que leía en voz alta, una vez más. «Yo creo que está bien», se dijo. Hacía unos días que le rondaba la cabeza esa idea de encontrarse con el resto de las protagonistas de las obras de Federico García Lorca, de hablar de ellas y entre ellas para buscar otros destinos.

Desde fuera de la vivienda, nadie podía sospechar que la casa se habitaría aquel 17 de agosto. El canto de algunos pájaros rompía el silencio anunciando un nuevo día, mientras unas flores se abrían lentamente para empezar a marcar el paso del tiempo. La puerta verde de la Huerta de San Vicente permanecía cerrada para blindar aquella reunión secreta.

En todos estos años, en la soledad de la espera, Rosita había escrito en un breve diario sobre su vida forzada, la designada para ella. Pensar que había una mínima opción de cambio o de rebeldía frente a aquel destino eterno la llenaba de esperanza. Sonrió y se acercó a la ventana del salón. Aunque no lo sabía, dos personajes la observaban tras el cristal, desde lejos, ataviada con la misma vestimenta que le había sido asignada en su día: un traje del novecientos rosa, mangas de jamón y adorno de cintas.

Rosita agitaba con ímpetu su ropa, sofocada por el calor aplastante del verano de Granada. Pesaba tanto aquel bochorno que parecía que ralentizase el tiempo, de la misma manera que ella se había paralizado en su libro en una espera sin fin. Pero no quiso perderse en esos pensamientos. Ahora solo quería centrarse en el presente y dudaba de si, realmente, su carta tendría algún efecto; de

si las otras protagonistas creadas por Federico acudirían a la cita y se sumarían a su petición. Le daba igual esperar, porque ya llevaba toda la vida esperando.

Por la ventana echó un vistazo al jardín de la Huerta de San Vicente, apabullante de flores, árboles, perfumes, colores y plantas. De izquierda a derecha reparó en el almez, el ciprés, el laurel, el naranjo y las acacias que estaban en primer término. Se retiró para acercarse a la mesa pequeña y al jarrón de cristal de donde había sacado unas flores secas para sustituirlas por la rosa *mutabile*, que empezaba a desplegar su tono rojo. Pensaba en su tío, en su tía y en la historia de esa flor.

Ensimismada en sus recuerdos, se sobresaltó cuando escuchó unos golpes en la puerta. El sonido la paralizó y esperó a que se repitiera para tener más seguridad. Dos golpes más. Abandonó el comedor con rapidez y se dirigió al recibidor de la casa. Una vez allí, acercó su oreja a la puerta verde de la entrada. Distinguió las voces de dos mujeres que hablaban de los jazmines azules que trepaban junto a la ventana y de los dos granados de las macetas. Su corazón empezó a acelerarse. Hizo una pequeña pausa para retocarse el cabello, se planchó la ropa con las manos y respiró profundamente antes de abrir. Cruzó su mirada con las dos invitadas y esperó a que ellas hablaran primero.

—¿Doña Rosita la Soltera?

—Sí, soy yo —respondió con una enorme sonrisa mientras se llevaba las manos a los labios, de emoción.

—Yo soy Belisa.

—Y yo... la Zapatera —entonó la otra mujer con socarronería—. A este hombre no se le ocurrió otra cosa que no darme nombre y que todo el mundo me conociera por la profesión de mi esposo. Pero sí, soy yo. La Zapatera, aquí presente, si puedo ser de ayuda.

—Qué ganas tenía de veros —exclamó Rosita, con júbilo—. Gracias, gracias, gracias. Espero que no os molestara que os escribiese. Pasad por aquí, a la izquierda. No estaba segura de que vinierais.

Belisa entró con unos pasos tímidos, pero cada movimiento en ella estaba cargado de sensualidad. Miraba cada esquina de la casa, desde el suelo a los cuadros o las lámparas, pero la Zapatera avanzó decidida al comedor, con su vestido verde y el pelo tirante, con dos grandes rosas prendidas a él. Curiosa, pasaba del cuadro de *La Primavera* de Botticelli a la mantelería o a la vajilla. Rosita iba tras ellas, alucinada con su presencia. Todas las ideas que quería decir se agolpaban en su cabeza llena de preguntas. Todas las que se había hecho desde su creación y hasta el término de su vida en aquella página del libro.

—¡Cómo no íbamos a venir! —exclamó la Zapatera. Y advirtió—: Yo soy de decir las cosas a las claras siempre, así me gané la fama que tuve...

—¿Y esas rosas que llevas en el pelo? —preguntó Rosita, cautivada por su singularidad.

—Me gusta llevarlas siempre, hay que adornarse en esta vida. O eso supongo... Me las puso García Lorca en la obra, así que me quedé con ellas.

—Es que me encantan las flores —expresó Rosita—. Mi tío las cultivaba. Me sé de memoria la historia de muchas de ellas y en ese jardín de fuera hay cientos. De hecho, mi obra se llama *Doña Rosita la Soltera o el lenguaje de las flores.*

—¿Las flores hablan? —preguntó Belisa, con un deje de duda en la voz.

—Más o menos... —respondió Rosita—. Esta sala está repleta de sillas. Os podéis sentar donde queráis y hablamos.

—Yo tengo poco que hablar... Vosotras, al menos, sois protagonistas en la obra —comentó Belisa mientras avanzaba hacia la rosa *mutabile*—. La Zapatera, doña Rosita... En mi caso voy de segunda, *Amor de don Perlimplín con Belisa en su jardín.*

—Vaya nombre... ¿don Perlimplín? Y me quejo yo de la Zapatera y el Zapatero... ¿Perlimplín era tu marido?

Belisa guardó unos segundos de silencio antes de responder. No conocía hasta qué punto Rosita estaba al tanto de lo ocurrido en su vida. Por lo que había podido averiguar de camino a la casa con un par de preguntas, la Zapatera no sabía nada. Belisa sentía aún, después de tanto tiempo, un peso de culpabilidad. Se aproximó a la flor que había dejado Rosita para desviar la conversación. La

Zapatera, que hasta entonces curioseaba la vajilla del aparador, también se sintió atraída y se aproximó. Cuando vio esa reacción de las dos, Rosita dio un brinco y acudió hasta la mesa. Estaba ilusionada de explicar aquella historia de la que conocía todos los detalles.

—Es una rosa *mutabile* y es la que nos marcará hoy el tiempo. Ese es su propio lenguaje, su manera de hablarnos —respondió Rosita, con un guiño a Belisa para que comprendiera su anterior comentario—. Tenemos solo un día. Mi tío me explicó la historia de esta flor. Es roja por la mañana, a la tarde se pone blanca y se deshoja por la noche. Cuando caiga el último pétalo deberíamos de haber hablado ya con Federico para cambiar nuestra historia.

Las tres observaron la rosa unos instantes, pensando si realmente conseguirían su propósito a tiempo. A estas cavilaciones se sumó, en el caso de Rosita, el recuerdo de su tío y de su tía, pero también el de todas las veces que esa flor le había marcado el paso de los años, en un bucle continuo. Belisa mostró una enigmática mirada ante lo que era un descubrimiento inaudito para ella, y la Zapatera aprovechó la ocasión para evaluar la calidad del paño de punto de la mesa principal.

—Entonces —dijo, decidida a resolver sus dudas—, ¿se supone que Federico nos pensó a algunas aquí, en esta huerta?

—Sí —confirmó Rosita—. En mi caso fue así. He leído un poco en la zona de visitas de esta casa y pone que la Huerta de San Vicente era una tierra de la familia. Ayer, mientras merodeaba por el jardín sin ser vista, un señor guiaba a un grupo de personas y explicaba que fue una de las últimas casas donde estuvo antes de que se llevaran a Federico, aunque no pude escuchar adónde... En la planta superior está su dormitorio y la mesa donde nos escribió. No sé, hay algo mágico en todo esto.

Mientras Rosita hablaba, Belisa caminó hacia la mesa de madera que ocupaba el centro del salón cubierta con un mantel bordado. Le inquietó pensar que sobre ella hubiera podido apoyarse, en algún momento, su creador. Quizás, incluso, especulando sobre ella y su destino, y que, estando allí sentado, cualquier cambio de pensamiento de Federico hubiese modificado la vida de

ella para siempre. Aprovechó para tomar asiento en una de las sillas de cuero repujado y abanicarse del calor.

—Todo esto es mágico, sí —corroboró la Zapatera—. Imaginad que en sus visitas a esta casa los humanos pudieran vernos y les abriéramos nosotras la puerta. —Tosió un par de veces y moduló la voz, a la vez que hacía ademán de abrir una puerta invisible—. Hola, soy la Zapatera, ella es Rosita y ella Belisa y venimos a ajustar cuentas con nuestro autor, Federico García Lorca.

—Ay, quita, quita, no lo digas ni en broma —respondió Rosita con una ligera carcajada—. ¿Queréis ver la casa y el sitio donde Federico escribió sobre muchas de nosotras?

Las dos asintieron y Rosita guio un recorrido por la vivienda, con todo lujo de detalles. Las paredes blancas, al menos, ayudaban a refrescar algo el calor. Aún se conservaban por la casa algunos de los objetos o calidades, como aquel colorido suelo hidráulico granadino sobre el que, a ratos, Belisa jugaba a saltar hasta llegar al espejo con el marco *art decó* del recibidor, para acicalarse. La Zapatera aprovechó para balancearse en una de las dos mecedoras y Belisa se ilusionó con el diván, tumbándose en él unos instantes, entre risas. Se levantó, rápida, cuando comprobó que se retrasaba y que Rosita ya había hecho pasar a la Zapatera al salón principal, donde estaba el piano de Federico. Nada más verlo, esta se acercó a él. Levantó la tapa y, no supo bien si por azar o por algún instinto, tocó dos notas musicales con el teclado que les resultaron familiares, aunque no logró identificar la composición. Tan absorta se quedó en aquel evocador y minúsculo sonido que tuvo que apresurarse para alcanzar a Belisa y Rosita. Fue en su busca hasta el comedor y, a pesar de escuchar sus voces, no las localizaba, hasta que Rosita la asustó asomando su cabeza por un pequeño pasaplatos que conectaba con la cocina. Intrigada, se adentró en aquel espacio,

donde pudo ver la chimenea, los calderos de cobre, las vajillas de la época, la antigua hornilla y la más moderna de la época. Subieron por las escaleras hacia el dormitorio de Federico y allí permanecieron en silencio, como si acabaran de llegar a un templo donde honrar a un creador. Abrieron las ventanas para hacer corriente y del jardín ascendió con fuerza un intenso olor a jazmín. Belisa pegó un pequeño salto para descansar en la cama y la Zapatera la imitó, tumbándose a su lado, mientras Rosita se sentaba en la silla de Federico y acariciaba su mesa.

—Aquí fui creada —evocó, acompañando sus palabras de un fuerte suspiro—. Para mí es un espacio mágico y me devuelve una energía extraña, como si fuera un lugar sagrado. Debía de ser el refugio del propio Federico, donde pensaba en nosotras y en él mismo, ausente a todas las miradas. Aquí al lado hay otra habitación con algunas fotos y textos de Federico. No he podido evitar leer una donde dice: «Aquí estoy terminando la última escena de *Yerma* y planeando *Doña Rosita o el lenguaje de las flores*. Dentro de unos días estaré en Madrid para marchar a Santander con La Barraca» —comentó, señalando el cartel de la compañía de teatro que estaba aún colgado en la pared.

Por la reacción impasible de Belisa y la Zapatera, Rosita comprendió que desconocían a qué se refería. Aprovechó para contarles que había averiguado la historia de La Barraca, una compañía a la que pertenecía Federico y que se encargó de acercar el teatro a todos aquellos rincones y pueblos de España donde la cultura no llegaba durante la Segunda República española. Y, mientras lo hacía, comprobó en primera persona cómo los rostros de sus compañeras se iluminaban conforme descubrían todos aquellos detalles.

Rosita hizo una pausa y marcó una sonrisa más profunda. Miró de nuevo a sus invitadas, como si solo con su presencia estuviera más cerca de su propósito. Nunca había experimentado la sensación de construir algo desde su autonomía y eso la hacía crecer por dentro. Para ella era una sensación única, jamás vivida.

—¿Qué hizo Federico con tu vida? —preguntó Belisa a Rosita, mientras inspiraba hondo el perfume de las flores que llegaba desde el balcón.

—Limitar mi vida.

—Como a todas —añadió Belisa con un suspiro, mientras tocaba, curiosa, la manta de la cama de Federico.

—Pero nos limitó porque la sociedad era así —matizó la Zapatera—. Si os contara lo que decían de mí en el pueblo os caéis del susto... ¿Qué otra vida podría esperarnos?

—Supongo que una mejor. Llevo toda mi vida esperando —apuntó Rosita—. Se suponía que me casaba con mi primo. Él se fue a Tucumán...

—Tucu ¿qué? ¿Pero eso dónde está? —preguntó Belisa, con desvelo.

—Muy lejos de Granada, muy lejos, cruzando el océano. Por Argentina. La situación aquí era difícil y allí había prosperidad y futuro. Mi tía no dejó que me fuera con él. «Yo di mi palabra y la cumpliré», le prometió a mi tía. Y a la vista está... nunca volvió —matizó con resignación—. Se casó con otra. Luego nos arruinamos tras la muerte de tito porque él empeñó la casa por mi ajuar. Primo nunca regresó por mí. Desde entonces, mi vida transcurre en un espacio de espera eterno.

Las tres guardaron un silencio denso.

—Menudo mal acuerdo te cerraron, hija mía —apuntó la Zapatera.

Belisa le lanzó una mirada de reprobación.

—Ama me criticaba porque yo todo lo quería siempre volando y, al final, he desarrollado una paciencia infinita. Y eso me ha condicionado mucho. Por ejemplo, no pensaba que vinierais. Desde aquello a veces soy profundamente desconfiada. Ama decía: «Tendrá el pelo de plata y todavía estará cosiendo cintas de raso liberty en los volantes de su camisa de novia». Tuvo razón. —Rosita permaneció unos instantes en silencio antes de preguntar—. Me da algo de pudor preguntar porque nos acabamos de conocer, pero nuestro tiempo es breve y quiero saber todo de vosotras, si no os importa. ¿Qué os ocurrió? ¿Tuvisteis más suerte que yo? ¿Os quisieron vuestros hombres?

—¡Yo qué sé! —exclamó la Zapatera

Belisa se encogió de hombros y retorció la boca, en un gesto no muy convencido.

—Quizás la suerte estaba en que no nos quisieran —apuntó mientras el recuerdo de don Perlimplín la seguía sobrecogiendo.

LA BARRACA

TEATRO UNIVERSITARIO

UNIÓN FEDERAL DE ESTUDIANTES HISPANOS

—Pero ¿cómo es el amor en pareja? —continuó Rosita—. ¿Es real? Porque yo he amado con todo mi cuerpo y mente a alguien a quien conocía a través de cartas y sin apenas tocarlo. Quizás no debí dejarme llevar por la ilusión, pero imaginaba muchas veces que hablaba con él, en mi cama, cuando abrazaba mi almohada, pensando en proyectos juntos... hasta que descubría que hablaba sola.

—Jesús, Jesús, Jesús y Jesús, que esto se complica —interrumpió la Zapatera—. Creo que somos más fuertes frente al amor, pero que nos hicieron pensar que éramos débiles. Cuando mi Zapatero me abandonó tuve que sacar arrojo y fuerza bajo las piedras para seguir. A pesar del qué dirán, me busqué la vida. Por las noches lloraba, pero de día seguía hacia delante y sin lágrimas. La gente quiere verte mal y no. Al final, lo comido por lo servido. Nos queremos. Él y yo nos queremos, pero es más un amor de cariño que de deseo... Será por la diferencia de edad.

—¿Cuántos años de diferencia? —preguntó Belisa, con intriga.

—Yo, dieciocho y él, cincuenta y tres años.

—¡Virgen santa! —exclamó Rosita—. Pero si podrías ser su hija.

—Sin ofender, ¿eh? No tuve otra elección.

—Yo tampoco —confesó Belisa tras sopesar durante unos instantes si confesar más de su historia o no—. Me casaron con un hombre mayor. A casi todas nos casaron con quienes no queríamos, en el fondo. O igual los quisimos un poco, con el trato y el paso del tiempo. Perlimplín tenía dinero y... poco más pude decir. Recuerdo que cuando mi madre concertaba mi matrimonio, le pregunté: «¿Y yo?», porque yo quería dar mi opinión. Y ella respondió: «Tú estás conforme». Y es verdad. Si nadie me quería iba a ser la solterona... —comentó, a la vez que se llevaba la mano a la boca mirando a Rosita—. Perdona.

Esta respondió con un gesto de despreocupación, restándole importancia. Rosita ya estaba acostumbrada a que la señalaran. Su vida había sido la de los murmullos constantes a su espalda, o de frente, cuando salía a la calle. De pronto, levantó la mirada como si estuviera ante un descubrimiento.

—¿Sabéis qué le voy a pedir a Federico?

—Miedo me da, que te veo muy envalentonada —apuntó la Zapatera.

—Calla —indicó, con dulzura y una breve sonrisa—. No se lo he desvelado a nadie aún. Le pediré a Federico ser soltera, pero soltera de verdad. Olvidar a mi novio y ser soltera solterísima.

La Zapatera no daba crédito a lo que escuchaba. Sobrecogida, se levantó de la cama llevándose las manos a la cabeza.

—Pero ¡cómo se te ocurre! ¿Es efecto del calor? Eso es una deshonra para tus tíos, para tu familia. Las mujeres solteras no tienen destino.

—¡Ahora, sí! ¡Ahora, sí! —replicó Rosita, a la par que se levantaba de la silla.

—¿Ahora? ¿Por qué lo sabes?

Rosita se frenó y modeló su compostura. En el mundo de los personajes hay que plegarse a ciertas normas, y ella no es que fuera, precisamente, un ejemplo a seguir.

—Además de hacer esta convocatoria..., ¿no estarás atendiendo a los humanos y a las humanas mientras leen nuestras obras, verdad? ¿No te habrá contado algo alguna humana? —preguntó la Zapatera—. Eso no podemos

hacerlo, tenemos que ceñirnos a nuestras historias. Es una osadía que le pidas algo así a Federico. Pensaba que pretendías que trajera a tu novio o que él se divorciara de la argentina, no sé, lo normal.

—¿Y qué es lo normal? ¿Quién ha decidido qué es lo normal para nosotras? Déjala que, al menos, lo exprese —demandó Belisa—. Suficiente condena padecemos. Tenemos derecho a pensar ser libres, a decidir por nosotras mismas. Rosita —se dirigió a ella, sujetando sus manos—, no te creas todo lo que cuentan del amor. Yo fui forzada a casarme. Te puedo confesar que sentía angustia cuando, en la cama, él se me acercaba.

Rosita meditó unos instantes. Comprobó que en aquellas otras mujeres tampoco había una vida mucho mejor que la suya. Aunque habían estado con parejas, no se habían librado de ser evaluadas por la sociedad en cada uno de sus comportamientos y reacciones. Ella había sentido el amor, pero en una sola dirección, hacia un hombre casi invisible del que ya apenas recordaba bien su rostro. Suponía que, quizás, si de verdad hubiese existido amor, las cartas nunca habrían cesado ni habrían sido sustituidas por un silencio eterno que la anulaba como persona. Y, a pesar de que aquello suponía en su entorno una muestra de rebeldía, recordaba cómo su tía había manifestado, implorando casi, que ella merecía una despedida y una atención, sin ser ignorada. «¿Eso era el amor?», le solía preguntar su ama, para que reaccionara. Y ella nunca había sabido qué responder.

—Quizás el amor no sea como esperábamos, ni tampoco el matrimonio. —Rosita no sabía si estaba muy convencida de aquellas palabras que había reflexionado en voz alta tras sus pensamientos internos—. Tito y tita tenían sus más y sus menos. A veces pienso que primo y yo nos habríamos llevado como el ratón y el gato después de la boda. O quizás me engaño. Me proporciona consuelo y me permite dormir. Zapatera..., me hablas de honra, pero yo no perdí ninguna, fue él quien me la hizo perder a mí. Yo estuve allí. Entregada. Cumpliendo. Él huyó. Si hizo eso es porque ni me quiso.

—A todas nos han elegido por una dote o por ser jóvenes para ellos —apuntó Belisa, con cierta amargura.

Rosita daba vueltas a aquellas ideas, mezcladas con recuerdos del pasado y esa incómoda sensación que padecía cuando sus amigas le anunciaban que se casaban. Todas, una tras otra, habían contraído matrimonio. Y cada aviso supuso un golpe para su corazón. Era el mismo sentimiento que la atenazaba cuando a su casa acudían tres solteronas con su madre y percibía, entre aquellas conversaciones, ese miedo omnipresente a no casarse y, por tanto, al peligro de bajar de clase social. Miedo, vergüenza, soledad, estigma. El dedo señalador y los rumores. Aprendió, frase a frase, que solo podía existir como mujer a través de un matrimonio.

—Quizás el problema era el matrimonio en sí, porque era el único destino para hacernos válidas —matizó Rosita—. Él no se merecía nada de mí. Ni mis suspiros ni mis desvelos. Él vivía sin pensar en mí y yo, en cambio, lo hacía cada día, cada minuto. Lo que me duele no es que me dejara sola. Lo que me dolió fue creer en alguien. Puse mi confianza ciega en él y tuve que dejar de creer en sus promesas. Por eso dije: «El más terrible de los sentimientos es tener la esperanza muerta». Y no quiero estar así por siempre. Deseo que mi esperanza vuelva.

A Belisa le resultaba cada vez más complicado no compartir su historia. En cierta manera, desde que se terminó su obra, había vivido con estigma y vergüenza su propio comportamiento y situación. Fue engañada por su propio marido y, sin embargo, todo el mundo sintió pena por él tras su muerte. Ella, en cambio, había quedado como una mujer mala, de bajos instintos, capaz de abandonarlo por otro hombre.

—Mi drama —confesó Belisa, por fin, levantándose y caminando por la habitación— fue casarme con alguien a quien, en principio, no quise realmente. Mi deshonra fue buscar el amor y la llama del deseo en los que yo suponía que eran otros brazos, cuando eran los de mi propio marido disfrazados. Engañándome consiguió convertirme en un ser más ruin. ¿Sabéis lo que pienso? Creo que no se puede hablar de amor cuando nunca te han querido de verdad. Nuestros hombres nunca nos han elegido porque nos amaran, sino porque eran hombres que no

podían permanecer solteros en la sociedad, y porque nosotras tampoco podíamos. Tuve un matrimonio de conveniencia. Eso es como ser esclava cada día que te levantas. ¿Qué hubo de malo en que no guardara lealtad de palabra a alguien que, desde el principio, ni siquiera se casó con un amor fiel a mi persona? Él ha quedado de ángel y yo de demonio. Debo hablar de esto con Federico. Quiero limpiar mi conciencia y no ser ni señalada ni castigada. Justo cuando fui infiel era cuando más fiel era a mí misma, más fiel a mis propios sentimientos. Justo cuando fui infiel era cuando menos me engañaba, cuando era libre, cuando me sentía yo... —Tragó aire con fuerza y se llevó las manos a su corazón—. Perdonad, tengo la angustia de llorar aquí, en mi pecho, porque no quiero hacerlo, pero decir todo esto es una absoluta liberación.

Rosita devolvió una sonrisa a Belisa con aquella confesión, que se forzó cuando a su mente llegó un nuevo recuerdo.

—Me ha venido a la memoria la voz de las mujeres de mi casa. Mi ama decía que cuando hablaba con ella y con mi tía, al menos, me desahogaba, y que las tres nos podíamos «hartar de llorar y nos repartíamos el sentimiento». Así, literal. Y tía siempre decía: «Es el defecto de las mujeres decentes de estas tierras. No hablar. No hablamos y tenemos que hablar». Hemos tragado demasiado dolor. Hemos mantenido demasiado silencio. ¡Que explote hoy todo lo que encerramos en el pecho!

Las tres asintieron como si aquella frase fuera una verdad absoluta. En un acto de comunión, entrelazaron las manos. Rosita respiraba aliviada. Sabía que había hecho lo correcto y que su intuición le había marcado el camino a seguir porque, como ya decía en su obra, «lo que me ha pasado a mí les ha pasado a más mujeres». Sabía que aquellas experiencias las unirían por encima de sus diferencias. Y si sus vivencias no eran exactamente iguales, los sentimientos sí que lo eran. Estrecharon sus manos con más fuerza y permanecieron así unos instantes hasta que el sonido de unos gritos provenientes del exterior irrumpió en la habitación a través del balcón, acompañado de unos fuertes golpes en la puerta.

«¡Que me dejes pasar primero!», «¡Ni te atrevas, malcriada!», «¡Loca del infierno!», «¡Dame a mí la carta!», «¡Madre, a estas alturas ya puedo hacer lo que quiera!», «¡Sois la vergüenza del mundo!», se escuchaba de forma alborotada al otro lado de la puerta, golpeada sin cesar.

Rosita se asomó por el balcón de Federico y corrió aprisa escaleras abajo; Belisa y la Zapatera hicieron otro tanto: mirar por el balcón y, sin mediar palabra, bajar con premura para abrir. Solo regresó un instante la Zapatera para cerrar la ventana de Federico, estirar la colcha de la cama y dejar en orden la habitación. Rosita llegó la primera y abrió de manera brusca la puerta, interrumpiendo los mamporros a la madera. Atropelladamente, Angustias, Magdalena, Amelia, y Martirio entraron dando gritos en el recibidor. Ajenas a todo, solo estaban concentradas en quitarse de las manos unas a otras la carta que Rosita había enviado, al tiempo que leían en voz alta alguna de sus frases. Belisa, la Zapatera y Rosita se quedaron en suspenso, contemplando cómo las hermanas se peleaban entre ellas. Oyeron entonces otras voces provenientes del exterior, así que las tres dirigieron la mirada a la puerta justo cuando, en el umbral, el negro luto de Bernarda inundó el espacio junto con un golpe seco de su bastón contra el suelo.

—¡Silencio! ¡Silencio he dicho! ¡Nadie va a responder a esa carta! ¿Me habéis oído? ¡Poncia, Poncia! ¡Cómo has dejado que llegue la carta a manos de las niñas!

Poncia alcanzó la puerta casi con la lengua fuera, secándose el sudor con su propio delantal. Empezó a hablar asfixiada, aunque sus pulmones se crecieron pronto por la rabia que llevaba dentro.

—¡Deje de gritarme, señora! —advirtió, inspirando con fuerza un sorbo de aire—. Primero, deje de llamar niñas a sus hijas. Algunas son mujeres ya viejas y gastadas por los años. Sus hijas ya no le pertenecen por mucho ladrillo con el que tapiara puertas y ventanas. Y segundo... Yo. La carta se la he dado yo. Ya estoy cansada de usted, y sus hijas merecen salir.

—Tienes alfileres en la punta de la lengua. ¡Cómo te atreves, ingrata! Serás insolente, y desagradecida —espetó tajante Bernarda. Agobiada por los gritos de sus hijas, retiró con rapidez la mirada a la Poncia para acercarse a ellas con pasos contundentes y escupiendo sus palabras una a una—. Vosotras tenéis que estar

encerradas entre las paredes de casa, y no esta locura de atravesar toda la Vega granadina con este calor de verano. ¡Despertad! ¡Dejad de mirar a las musarañas y poned los pies en la tierra! ¡No os hagáis ilusiones! No conseguiréis nada porque nunca podréis salir de vuestro papel.

Belisa y la Zapatera miraban con estupor a Rosita. Las tres, muy juntas, avanzaron unos pasos, como si en esa unión buscaran protección. Belisa, desbordada por lo que presenciaba, preguntó con un gesto quiénes eran. Rosita se acercó a su oído y le aclaró que eran Bernarda Alba y sus hijas. Las tres contemplaron cómo las cuatro mujeres pasaban, persiguiéndose las unas a las otras, del recibidor a la sala del piano y de allí hasta el comedor. Una vez de regreso en la entrada, empezaron a pelearse, intentando arrebatarse la carta entre gritos y golpes y formando un ovillo negro, donde era difícil identificar quién era quién. Entonces, entre la maraña de brazos, sobresalió el cuerpo de Bernarda, que lanzó una mirada sentenciosa hacia Belisa, la Zapatera y Rosita.

—¿Quién de ustedes ha tenido la osadía de llenar de pájaros la cabeza de mis hijas? ¿Quién ha sido capaz de arrebatar la poca cordura que quedaba en mi propia casa rompiendo el silencio?

Las hijas cesaron de pelear, interesadas también en conocer la respuesta. Rosita levantó la mano con encogimiento, hasta que sintió cómo la Poncia se la bajaba con fuerza, antes de enfrentarse de nuevo a la señora.

—Usted no va a buscar ahora culpables cuando la única culpable sigue y seguirá siendo Bernarda Alba. Esa carta ha sido el único soplo de aire fresco tras días de plomo sobre nuestras espaldas.

—¡Silencio he dicho!

—Madre —irrumpió Martirio—, ¡basta! Pide silencio y la que rompe siempre el silencio en el que estamos es usted, con sus gritos. Llevamos toda la vida soportando los muros de cal blanca que no dejan respirar en verano y nos congelan en invierno. Hoy nos ha latido el corazón con esta carta. ¡Qué digo latido! ¡Nos ha galopado!

—Las niñas se le rebelan, señora. Y la Poncia nunca se equivoca. A estas ya usted no las controla. Son lagartijas corriendo por las paredes.

Justo cuando Rosita iba a cerrar la puerta de la casa, notó una fuerza contraria que hacía presión, invitándola a abrir. Cuando se retiró, apareció una mujer anciana de ochenta años, cubierta con flores en la cabeza y en el pecho, y apretando en sus brazos una oveja, que no paraba de balar sin cesar.

—María Josefa, señora, ¡qué hace usted aquí! —exclamó la Poncia nada más verla—. Si su puerta tenía la doble llave echada y la tranca puesta.

—¡Madre!

—¡Abuela! —exclamaron las hijas.

Magdalena se acercó a ella.

—Magdalena, cara de hiena, Bernarda, cara de leoparda —replicó la anciana, a la vez que acariciaba a la oveja—. Adela me ha pedido su vestido verde, ¿lo sabías?

—¡Qué tonterías dice usted! —protestó Poncia, mirando al cielo.

Por detrás, apareció la Criada, suplicando con sus manos perdón ante el descuido, asfixiada al hablar.

—No he podido retenerla. No sé cómo, pero cuando me di cuenta ya estaba fuera, en la calle, camino de la Vega detrás de todas ustedes. He salido corriendo, lo más pronto que pude. Pido perdón.

—¿Perdón? —bramó Bernarda, a la vez que levantaba el bastón para golpearla y lo agitaba contra ella—. No hay perdón que puedas pedir que te salve. ¡Qué habrán dicho las vecinas de semejante espectáculo! ¡Tenemos que ser de nuevo la deshonra del pueblo! ¡Toma y toma, por descarada, zopenca, mentecata, inútil!

Bernarda no paraba de murmurar y sentenciar humillaciones y desprecios mientras le daba bastonazos a la Criada, que echó a correr despavorida por la casa dando gritos, con su señora detrás. Las hijas iban tras su madre, con la intención de pararla, sin éxito.

—¡Yo quiero ser libre! —decía María Josefa, besando a su oveja y siguiendo a todas las demás por la casa, por inercia.

—¡Silencio, madre! —exclamó Bernarda a la anciana, antes de lanzar un grito que se elevó por encima del griterío reinante. Soltó su bastón sobre la mesa, se llevó la mano a un tobillo con una mueca de fastidio y se retiró el zapato—. ¡Por andar todos estos kilómetros hasta aquí y correr detrás de esta rata, ahora se me ha roto el zapato! ¡No sé si me he lastimado! ¡Con esto no puedo andar por toda la Vega y volver a casa!

—¡Eso no es problema! Deje que yo se lo arregle.

—¿Y usted quién es? —espetó Bernarda, desconfiada.

—Soy la Zapatera. No sea arisca, mujer, y déjese hacer. —Se acercó y le retiró con esfuerzo el zapato a Bernarda de su mano, que se resistía. Lo inspeccionó por encima—. No haga un drama. Esto no es nada. Antes de llegar he dado un vistazo; lo de ahí al lado es un cuartillo que debe de ser la casa de los guardeses. Seguro que ahí tienen material. Con unas puntillas esto está listo.

—Pero ¿el zapatero no era tu marido? —preguntó Belisa.

—¿Y? Yo soy la Zapatera. Las mujeres podemos hacer tareas de hombres mejor aún incluso que ellos. Vente y te lo demuestro.

Tal y como lo dijo, la Zapatera salió dispuesta por la puerta en busca del cuartillo donde arreglar el calzado de Bernarda, que se quedó con un rostro estupefacto. No estaba acostumbrada a un trato así. Belisa siguió sus pasos y Rosita se retiró hacia el salón, pero con el oído puesto en lo que ellas conversaban.

Desde el comedor se escuchaba llorar a la Criada, escondida en la cocina.

—Dejad que llore, se lo tiene merecido —sentenció Bernarda, mientras se sentaba en un sillón frailero junto a la ventana.

—Madre, tenga algo de bondad por una vez. Si no por ella, por sus hijas —imploró Martirio, que se sentó también, lo más próximo a su madre, en una de las sillas de cuero en torno a la mesa—. Ya que hemos llegado hasta aquí, hagamos lo que pide la carta. Yo quiero conocer a Federico.

—¡Ni Federico ni Federica! Este hombre nos sentenció. ¿Queréis que todas las demás cotilleen sobre nuestras vidas, que hablen de nosotras aún más y se alimenten del veneno de sus lenguas? Somos mujeres. Ya estamos juzgadas desde que nacimos y fuimos creadas. No pienso dejar que se manche más nuestro nombre.

La Poncia, que venía de intentar acallar los sollozos de la Criada en la cocina, irrumpió en el comedor con una carcajada.

—¡Y qué más da, señora! Si ya todo el mundo ha leído su obra, si todo el mundo la conoce. ¿Y sabe lo peor? Que nadie la quiere por mandona y dominanta. Usted ha sido una serpiente que nos ha envenenado a todas, incluso de muerte. Y sabe a qué me refiero. Rebélese contra usted misma y no sea más una madre cargada de veneno. Quite esa cara agria.

Bernarda se levantó hacia ella, dando un golpe con el bastón.

—Ser madre es el trabajo más ingrato que existe. Y tú lo conoces. Poncia, sabes que he sido madre y señora para proteger la honra de mis hijas.

—Para la honra de ellas, no, para la suya propia. La honra, la honra, la honra... es lo único que la obsesiona. Su vida está marcada. ¡Defiéndase si tiene sangre en las venas! ¡Tire sus muros de la vergüenza!

—No me condenes más y no me miréis así vosotras, desagradecidas —acusó, con una mirada fulminante a sus hijas, regresando a su sillón—. Yo fui la única madre que se podía ser en una sociedad donde las mujeres no contamos nada, donde las amantes son deshonra y el matrimonio es pureza, decencia y honra. No pude ser otra madre sin padre en casa.

Bernarda respiraba agitada, su pecho subía y bajaba con celeridad, pero su rostro permanecía hierático, implacable. Sus manos apretaban enérgicamente su bastón, donde se percibía una rotura arreglada de forma torpe. Ese bastón, más que una ayuda para caminar, la sostenía a ella por completo, en sus decisiones y en sus valores. Era como un pilar que casi formaba una prolongación de sus brazos. Magdalena y Angustias, con aire abatido y decepcionado, se sentaron en el sofá rústico y barroco tapizado de rojo, muy juntas, mientras que Amelia ocupó una silla trono independiente, cerca de la rosa *mutabile*.

—Madre —interrumpió Martirio—, en la obra, yo le decía: «los hombres se tapan unos a otros». Y mírenos. Nosotras estamos aquí, despellejándonos vivas. Esto puede ser una oportunidad para romper la tragedia. ¿No ha pensado que quizás pueda venir Adela?

Se produjo un espeso silencio, más espeso que el calor que se acumulaba en aquellas paredes.

—Qué estás diciendo. Adela no existe. Adela está muerta —respondió Bernarda, contundente.

—Pero quizás podemos hablar con Federico para que Adela vuelva. Los personajes muertos nunca mueren porque, cuando nos leen y nos releen, algo dentro de nosotras revive nuestra historia. Quizás los personajes muertos quedan en una especie de limbo y regresan cuando son reclamados. Solo tenemos que encontrar la forma. Usted se cree fuerte, pero su muerte aún le atenaza la garganta y las entrañas. A pesar de los metros de muros, yo la escucho llorar cada noche.

El rostro de Bernarda se volvió más tenso, aunque roto. Respiraba aún con premura, como si la cadena de acontecimientos la desbordara.

—Soy fuerte y ruda, pero me haría cal y polvo si viese a Adela. Ni en pensamientos lo haría. Ahora meditaré si vemos a Federico. Pero, antes, dejemos de alimentar a las hienas y limpiemos los trapos sucios entre las paredes más cerradas de esta casa. Que nada salga de aquí, porque esa tal Rosa, la Zapatera y todas las que vengan querrán saber de nuestras vidas. Y no. No más teatro. Fuera no quiero llantos, ni gritos, ni quejas. Hay que resolver toda esta vergüenza. Si esperamos a Federico, lo haremos como señoras.

Rosita, que escuchaba desde la sala del piano, interrumpió desde lejos.

—Disculpe, ¡su madre está en el jardín con la oveja! —gritó, mientras observaba a la anciana desde la ventana—. Y dice que ella habla con Adela.

—Pero qué locura. Tiene la cabeza perdida. Martirio, ve en su busca y la traes. De aquí ya no se escapa.

Desde el salón, Rosita observó cómo Martirio tiraba del brazo de la abuela, que se resistía a caminar, hasta que lo consiguió. La oveja balaba aún con más fuerza y la abuela no paraba de gritar: «¡Yo quiero ser libre!». Sin apartarse de la ventana, Rosita les comunicó que podían quedarse en el comedor, donde ahora estaban, para hablar entre ellas. Ante la ausencia de respuesta, dio unos pasos cortos hasta el umbral y atisbó sentadas en el sillón tapizado de rojo sangre, al fondo de la estancia, a las demás hijas de Bernarda, con sus ropajes negro luto y las caras demacradas. No pudo evitar verse reflejada en ellas y, a pesar de su dolor, sintió un poco de alivio al comprobar que aún podía haber tenido una vida peor, semejante a la de aquellas mujeres, ocultas tras los muros y sin hablar entre ellas. Rosita cruzó el recibidor y, conforme avanzaba hacia el arco abierto que daba paso al comedor, descubrió la figura de Bernarda. Estaba sentada de espaldas a ella, con el pie descalzo y quejosa del llanto que la Criada no conseguía reprimir y cuyos sollozos se escuchaban tras aquellas paredes.

—Poncia, ve a la cocina y dile que se calle. Las lágrimas son de débiles. —Poncia obedeció. Cuando se apartó de ella, Bernarda vio a Rosita en el umbral—. Y usted, aléjese. Déjenos en silencio. Bastante ha organizado ya como para que siga chismorreando sobre nuestra vida. Y vosotras, hijas, ni abráis la boca hasta que yo lo ordene, que tenemos que ajustar cuentas.

Esas fueron las últimas palabras que Rosita escuchó antes de salir por la puerta verde, con un suspiro de consuelo por no estar ahora entre las paredes de aquella habitación.

La Poncia entró en la cocina. La Criada, sentada a la mesa redonda, vertía lágrimas sobre sí misma, con la cabeza escondida entre los brazos, en un deseo de que la tierra se la tragase y desapareciera de allí. Había hecho un repaso rápido a su vida de entrega y pobreza, a la humillación constante, a ese suelo pegajoso del que nunca podría despegarse por más que lo quisiera. Su condición de mujer y de pobre la ataba a vivir, a ella también, entre muros y techos infranqueables.

—Alegra esa cara que estás más triste que estas dos granadas secas que han puesto aquí —la animó Poncia mientras elevaba el frutero de cerámica que había en el centro de la mesa. Arrastró una de las sillas de enea verde que había en la estancia hasta la mesa y se sentó junto a la Criada—. Pareces nueva, tú también; deja de llorar por Bernarda, ya sabes cómo es.

—¡Me ha golpeado con el bastón, como si yo fuera una mula de carga y no una persona! ¡Me ha dicho rata!

—¡Ni que fuera la primera vez!

—No soy una de sus hijas y, sin embargo, por pagarme con sus míseras monedas, me trata como a un animal. Tengo sangre en las manos de fregarlo todo. Llevo toda la vida de rodillas ante ella, obligada a darle las gracias por sus dineros, a darle las gracias por cada una de sus humillaciones, y todo porque no tuve otro porvenir desde la cuna. Quien nace pobre, muere pobre, y las mujeres aún más. ¡Maldita sea!

—No te lamentes tanto. No has evitado que María Josefa traspasara el umbral de la puerta. Y de lo otro, no te quejes, que aun pobres, hemos tenido pan y cama. Nuestro destino estaba marcado y no podemos aspirar a más.

—Eso lo dices tú, Poncia. Poncia..., tú tienes nombre. Yo ni siquiera me lo merecí. «La Criada»..., pues a mucha honra, más que la suya. Me gano la vida con estas manos y el sudor de mi frente, pero no pienso tolerar una vida con más degradaciones. Que ella cuide a su madre alguna vez, que es incapaz de tener corazón hasta con quien la parió de sus adentros.

Poncia se sacudió las manos sobre el delantal, dejó escapar un fuerte suspiro y se quedó observando los utensilios de la cocina. Luego se levantó y fue reparando en cada uno de ellos mientras opinaba en voz alta acerca de su calidad: «este horno es de lujo para hacerme unas piñas», «hace años que no veo nada así», «la señora no se gastaría ni una

moneda en esta vajilla». Hablaba por si la Criada desviaba su atención hacia sus palabras, para que dejara de llorar, pero no había forma. Recordó que, nada más ser contratada en la casa de Bernarda, hacía muchos años, ya había visto a la Criada llorar en una cocina. También Poncia había llorado con ella, aunque nunca se lo reconoció porque siempre le venía bien la excusa de que sus lágrimas eran por cortar cebolla. El llanto del servicio siempre tenía lugar en la cocina, entre fuegos, vahos, calor y agua donde limpiar los restos. Ya no le quedaban más utensilios sobre los que opinar.

—Mira, Criada, para ya o tendré que coger una de estas ollas de cobre para que llores ahí y no nos inunden tus lágrimas...

La otra levantó la cabeza y sonrió entre sollozos con aquella ocurrencia, a lo que Poncia descolgó una olla y se la puso delante. El gesto levantó una pequeña carcajada de la Criada, que decidió confesar un pensamiento.

—Poncia... A veces creo que la señora supo que su Antonio María Benavides me levantaba las enaguas detrás de la puerta del corral —recordó, mientras se frotaba los ojos con sus manos.

—¡Calla, Criada, que podemos salir de aquí con los pies por delante! —respondió Poncia, acompañada de un siseo de desaprobación para que controlara el tono de voz.

—Me da igual, como si quiere llevarme crisantemos. Pero sé que fui quien más lo quiso de quienes le sirvieron.

—Lo sé, lo sé. Lo dices en la obra misma, ojalá nunca llegue a leerlo o montará en cólera. Hay que ser descarada para esa confesión —advirtió Poncia, a la par que recorría la cocina tocando todas las superficies y utensilios. Entonces descubrió en una alacena a la derecha de la chimenea una pequeña puerta cerrada con un pestillo y, curiosa, la abrió. Al instante, Poncia pegó un brinco y se apartó asustada, al encontrarse cara a cara con el rostro de Bernarda

—¡Poncia! ¿¡No habrás estado escuchando nuestras conversaciones!? —preguntó Bernarda, asomando la cabeza hasta donde pudo por la pequeña abertura que conectaba la cocina y el comedor.

—¡Que me parta un rayo si así fuese, señora! ¡Déjese de retintines!

—Deja ahí a Criada y ven a reunirte con mis hijas. Ellas te contarán lo que habrá que decir de regreso al pueblo. Nadie más manchará nuestra honra. Y yo, mientras, voy en busca de mi zapato, porque ella será zapatera, pero tarda más que la llegada del invierno. Mis pies no pueden pisar tierra ni barro, y aquí es lo único que hay.

Con ímpetu, dio media vuelta y se alejó del pasaplatos, aunque no sin antes mirar con firmeza a sus hijas, sin mediar palabra. Sus ojos eran capaces de controlarlas de forma férrea. Esperó a que Poncia llegara al comedor y, una vez se hubo asegurado de que todo estaba tal y como deseaba, salió en busca de la Zapatera.

—Pero ¿cómo se te ocurrió mandar una carta a esa panda de hienas, Rosita? ¿Tú las has visto? Si se muerden entre ellas, Virgen santa —comentaba la Zapatera, mientras terminaba de zurcir el zapato de Bernarda.

—Son los personajes más conocidos de Federico. Las conocen en todo el mundo, ¿cómo iba a dejarlas al margen?

—Porque ella no es una mujer, ¡es un toro! Rosita, qué cabeza tienes.

Rosita caminaba de arriba abajo por el cuartillo que había al lado de la casa. De vez en cuando miraba de soslayo hacia fuera, por si alguna de las hijas de Bernarda se acercaba y llegaba por asombro.

—Como venga en tu busca, Zapatera, yo no me quedo —avisó Rosita.

—Ni yo —añadió Belisa.

—Mira qué bien, malditas seáis, qué solidarias. En el fondo, mejor echádmela, que yo a esa le paro pronto los pies. Mira. De manera literal, le puedo parar los pies si me apetece. La dejo sin zapato y verás qué gracia le hace —insinuó.

Aquella ocurrencia provocó la risa de las tres. Belisa no paraba de observar cómo la Zapatera cosía y recosía aquel calzado. Dudaba de si Bernarda lo aceptaría en las condiciones en las que estaba quedando, más reducido de la punta.

—Yo creo que Rosita hizo bien. El problema no es ella, son esas, que no pueden ni hablarse. Basta ya de cargar con la culpa de todas. En el fondo, me dan pena. Esas mujeres no han experimentado ni siquiera el goce del deseo, no han conocido varón y...

—Ni lo han conocido ni tienen por qué conocerlo —irrumpió con voz contundente Bernarda desde el umbral de la puerta del cuarto de arreglos.

Belisa y Rosita dieron un paso atrás y, con la mirada algo asustada por la frase, cumplieron su palabra y se retiraron atropelladamente. Una vez fuera, se volvieron y por detrás de Bernarda, le dedicaron a la Zapatera gestos de buena suerte para su conversación. Bernarda, sin percatarse, echó primero un vistazo al cuarto y, luego, fijó sus ojos en ella.

—¿Cuándo va a devolverme el zapato? No pienso estar todo el día descalza. Eso es de pobres.

—Tardaré lo necesario porque ni soy la Poncia ni la Criada. Pero ya le digo que voy a tardar más porque su zapato no es fácil, no es de ricos.

Bernarda no contaba con que mujeres como la Zapatera la dejaran sin palabra. Ella, la que dominaba todas las conversaciones, incluso más allá de su zona de dominio, sintió que no ejercía el control por primera vez en mucho tiempo. Asumió que, en parte, la Zapatera tenía razón. Las ropas que portaban eran las que les habían sido asignadas en su día, y ella gastaba las peores para que sus hijas no fueran marcadas por pobreza. Su marido le había dejado un legado medio, menos de lo esperado, para vivir de forma modesta y austera para siempre, pero no más. La sobriedad era norma de la casa. Si aquel arreglo le servía para regresar, le valía. Aunque, en verdad, no sabía qué hacer al regreso. Solo pensar en que ahora volvería a convertirse en el objeto de los cuchicheos del pueblo agitaba su respiración y su corazón.

—Espero que no quede con una mala impresión por nuestra entrada en la casa —intentó excusarse.

—No sienta lo que piensen los demás y sienta más lo que usted diga o haga.

—El qué dirán es un infierno. El runrún, la habladuría y los chismes alimentan la mayor bajeza moral. Se nota que usted no sufre los murmullos —respondió ofendida.

—Se nota que usted no sabe de nadie salvo de sí misma. No es el centro del universo. En el pueblo cantaban canciones donde se burlaban de mí después de que mi marido me abandonara. El mundo entero me asedió. Los corrillos, los corrillos... Vaya si los conozco. El pueblo ahí es un auténtico basilisco, serpientes gigantes moviéndose, arrastrando la lengua por los suelos hasta que te lanzan al fango...

De entre todas las palabras, Bernarda cazó una al vuelo.

—¿Ha dicho «abandonada» por su marido? ¿Es usted otra mujer sin honra?

La Zapatera marcó una sonrisa guasona. Sabía que Bernarda intentaría dar en la llaga. Respiró hondo, tratando de reunir el aire suficiente para responder con pausa y con calma.

—Mi honra sigue intacta porque nunca la perdí. Y tal como se fue, volvió. Lo dije claro en la obra. Yo me comprometí con mi marido hasta la muerte. Y una, como personaje, nunca muere. Así que esto es eterno. Qué remedio —dijo, con esfuerzo al final, mientras cortaba el hilo con los dientes—. A ver, pruébese el zapato.

La Zapatera se lo entregó a Bernarda, que miró con desconfianza el zapato antes de cogerlo. Lo inspeccionó y lo palpó a conciencia y, a continuación, lo tiró al suelo e intentó introducir el pie.

—Yo se lo dije claro a mis hijas: «aguja para las hembras, látigo y mula para el varón». Nuestra vida es así, aún más para quienes nacemos con posibles.

—No somos una deshonra las que hemos cosido o servido vino en la barra. Y ojalá más hembras con látigo y más aguja para los varones. Deje a sus hijas que imaginen otras vidas, que están condenadas a vivir en el infierno. Hable usted con Federico y ajuste cuentas.

—¿Y sabe usted cómo vamos a encontrar a Federico, si está muerto? —cuestionó Bernarda, intrigada, mientras hacía malabares para encajar su pie en el calzado.

—No. Solo sé que Rosita tiene un plan.

—¿Y qué reclama usted a Federico si dice estar enamorada de su marido?

—¿No era usted la que estaba cansada de los chismes y las habladurías? Pues no sea curiosona, meta el pie en su zapato y vaya con su madre, que está subiéndose a los árboles como un mono —respondió la Zapatera, mientras le señalaba la escena que acababa de describir.

—¡Madre! ¿Dónde va usted?

María Josefa trepaba por uno de los árboles frutales del jardín. Bernarda, medio cojeando con el zapato sin terminar, salió disparada hacia ella, le dio alcance y empezó a tirar de su ropa hacia abajo para que descendiera de aquel tronco, al que la abuela se agarraba de forma férrea.

—¡Bernarda, cara leoparda! ¡Me voy al mar! ¡Quiero casarme a la orilla del mar!

—Por aquí no se va, madre. ¡Estese quieta!

Bernarda tiró de ella tan fuerte que las dos cayeron al suelo. Bernarda, refunfuñó, enfadada, y se sacudió sentada. Miró hacia todos lados por si alguien las había visto, pero cesó en la búsqueda cuando la madre rompió a reír a pleno pulmón.

—¡Ríete, hija! ¡Que seremos espuma, seremos espuma...! ¡Lo repito y repito! ¡Sois ranas sin lengua!

—Solo dice locuras, madre —respondió Bernarda, molesta, mientras seguía sacudiéndose e intentaba ponerse de rodillas para levantarse.

—¡Locas nos has vuelto tú!

La respiración de Bernarda se cortó en seco porque la mirada de su madre volvió a atemorizarla como cuando era pequeña. Sintió un viaje en el tiempo y un golpe de recuerdos que la sacudían desde la mente y al estómago, a la misma vez. Hay conversaciones pendientes que se aplazan demasiado en el tiempo. Durante años, Bernarda nunca se atrevió a afrontar una charla con su madre. De hija a madre y de madre a madre. En su mente ponía de excusa que sus hijas no escucharan nada entre ellas, pero la única verdad era que no se atrevía a dar el paso por puro temor. Un temor no tanto a su madre como a escuchar palabras que no quería escuchar, a recibir juicios que le dolerían y a afrontar determinadas verdades o mentiras. En su carácter se agolpaban también las palabras no dichas, las iras acumuladas y los silencios forzados. Sentía que todo eso empujaba contra sus labios, que ahora apretó una vez más para guardar silencio. Pero pensó que, quizás, en ese mismo instante, hubiera que romper con todo.

—Mi vida... ¡no es más que el fruto de sus decisiones, madre! Me casé con quien usted y padre me obligaron. ¡La primera y la segunda vez! Fui una coneja pariendo criaturas porque usted me enseñó que era mi obligación. Solo deseaba un varón para que pudiera elegir qué ser en la vida, y parece que Dios, como castigo, dispuso que mi vientre solo engendrara hembras. ¡Hembras! Las hembras venimos solo a sufrir y rompernos. Por eso mis hijas tienen que asumir para qué servimos. Dejarse de lágrimas y penas y quitarse mariposas de los estómagos y nubes de la cabeza. Yo no era así. Yo de pequeña no era así. Usted me convirtió en esto. Fui la mujer que usted quiso. Me hice de hierro para soportar la vida atada que me ofreció.

—Vida encadenada..., pero con pan, lumbre y cama. Que sepas que yo te engendré como única hembra, con todo el rencor de aquella violación, hasta que encontré a padre para rescatarme de la miseria. ¡Un padre que no era tuyo y se responsabilizó de ti! ¡Cómo iba yo a quererte! ¡Cómo no te iba a espabilar y hacerte dura en esta vida para que no pasaras por lo mío! ¡Hembra, cuando yo, antes que tú, quería un varón para que fuera libre! ¡No me recuerdes mi vida, que cada día que pasa me forcé por olvidarla! ¡Víbora, que me despiertas todo aquello que no quiero!

—Madre... —balbuceó Bernarda.

—La locura es escapar. ¡Por eso quiero otro hombre, uno que me quiera de verdad y que yo pueda querer con mis instintos! Y dejar la tierra agrietada del campo y casarme en el mar. Y tener críos, y mis vecinas tener críos, y beber chocolate, como antes. Y plantar flores que cocinar. ¡Seremos espuma con la que volar!

Bernarda, con la respiración agitada, intentaba asumir lo que nunca supo sobre su propia vida. La sacó de sus pensamientos la oveja, que se acercó tras María Josefa, quien extendió su brazo para coger al animal por la pata y arrastrarlo hasta ella. Cuando lo consiguió, abrazó a la oveja y recordó:

Ovejita, niño mío,
vámonos a la orilla del mar.
La hormiguita estará en su puerta,
yo te daré la teta y el pan.
Bernarda, cara de leoparda.
Magdalena, cara de hiena.
Ovejita.
Meee, meee.
Vamos a los ramos del portal de Belén.

Nada más entrar Bernarda por la puerta de la cocina, Poncia reparó en su rostro desencajado. Ordenó a la Criada que fuese en busca de agua y le hizo una señal para que las dejara a solas. Bernarda se dejó caer en una de las sillas de enea, con la mirada absorta, nublada la vista por las palabras que acababa de escuchar. La Poncia se sentó a su lado.

—Cualquiera diría que ha visto al fantasma de Federico antes que nadie, señora.

Bernarda sentía como si su lengua estuviera atada a su estómago y no pudiese pronunciar palabra.

—He visto el fantasma de mi vida —atinó—. A veces es mejor no saber nada.

—Maldita sea, pero ¿de qué se ha enterado, señora? Mil demonios me arrastren.

Poncia no recordaba haber visto aquella expresión en su rostro desde el entierro de Adela. Bernarda se mantuvo callada. Meditaba si contarlo o no. Se acercó al oído de la Poncia, quien tras escuchar la confesión se llevó la mano a la boca. Corrió a cerrar el pasaplatos que conectaba con el comedor. Antes, comprobó que las hijas cotilleaban el punto de los manteles para compararlo con el que ellas hacían. Con eso, se aseguró de que estaban suficientemente distraídas. De allí regresó al lado de su dueña.

—Nunca había hablado con mi madre —sentenció Bernarda.

Poncia permaneció meditabunda unos instantes, sopesando el significado de la revelación y de aquella última frase.

—Ese ha sido uno de nuestros grandes problemas —dijo, por fin—; que las mujeres hemos callado y callado y callado incluso entre nosotras. Como si nos hubiesen tragado la lengua. Por eso no nos daban educación, para que ni habláramos. Y sin parar hemos tragado y tragado tragedias que pesan. Y cuando no se puede más, las verdades irrumpen con la fuerza de un caballo, llevando todo por delante. Las verdades nos supuran por las grietas de las heridas abiertas en carne viva, de tanto dolor. Y, encima, usted impuso un manto de silencio para callarnos a todas aún más, cuando tendríamos que haber gritado todo a los cuatro vientos.

—Mi estirpe. Mi condición. Mi honra. Que no se enteren de esto ni los muros de esta casa.

El tono de voz de Bernarda era totalmente opuesto al que Poncia había escuchado de los labios de su señora hasta entonces. Sonaba pausado, tenue, como si la vida se le hubiese congelado unos instantes. Y permanecía ausente al discurso de Poncia, meditando una y otra vez sobre la historia de su madre.

—No me hable de condición, señora, que llevo media vida bajo sus pies y los que me quedan. A usted la salvó un buen matrimonio. A mí me mantuvo pegada al suelo, aunque quise a Evaristo con el corazón en la boca. A usted la cegó siempre la ambición y la búsqueda de posibles. Confórmese con lo que otras no tendremos jamás.

—Madre —llamó Angustias, interrumpiendo la conversación—, ¿le dejó bien la Zapatera el arreglo? —Bernarda, de espaldas, se giró de soslayo, sin pronunciar palabra. Poncia la miraba fijamente—. Yo tengo también abierto mi calzado tras la caminata, por eso le preguntaba. Con permiso, estaré en el cuartillo por si ella me lo arregla.

Angustias abandonó la cocina visiblemente extrañada, y Bernarda miró inquisitiva a la Poncia, que ya había regresado al presente.

—De todo esto... silencio. Silencio. Silencio.

La Zapatera, tras el mostrador, sostuvo el zapato de Angustias unos segundos. Cerraba uno de los ojos para centrar más su atención en el agujero del calzado, como si analizara cómo resultaba mejor aquel nuevo arreglo que tenía que emprender. Pronto cogió aguja e hilo y empezó a remendar con un trozo de saco que había en aquel almacén. Angustias, con su aspecto quebradizo y seco, estaba sentada a su lado, con el pie alzado para no tocar el suelo y ante la mirada de Belisa y Rosita. Aquel era un espacio extraño para ellas. Aún más para Angustias, que experimentaba estar por primera vez con otras mujeres que no eran sus hermanas, ni su madre, ni Poncia, ni la criada. Era la primera vez que estaba rodeada de otros muros que no eran su casa y de una puerta abierta que le parecía la mayor sensación de libertad experimentada hasta entonces.

—Al final, ¿os quedáis para esperar a Federico? —preguntó Belisa.

Angustias, temerosa de pronunciar palabra en un entorno que no era el suyo, se limitó a asentir.

—Este calor asfixiante me recuerda al primer verano que pasé esperando la carta de mi primo, con una fecha para la boda. Inocente de mí —lanzó Rosita.

Esa afirmación produjo una inquietante curiosidad en Angustias, que ya no pudo reprimirse.

—¿Ibas a casarte?

—Sí —se adelantó Belisa en responder, ante la mirada sorprendida de Rosita—. Su familia concertó matrimonio con su primo, que se fue a Tucumán, en Argentina, y nunca regresó.

—Por eso Federico me llamó doña Rosita la Soltera.

—Ella es la Zapatera. Tuvo otro matrimonio concertado y fue abandonada por el Zapatero, con quien se lleva treinta y cinco años de diferencia, pero volvió con él y ella dice que se quieren. Y yo soy Belisa, conocida por la obra *Amor de don Perlimplín con Belisa en su jardín*. Él también tenía más años que yo. He quedado como una mujer perversa porque concertaron mi matrimonio con un hombre al que no deseaba. Sí deseé a otro, que no era más que mi esposo disfrazado, y se dio muerte a sí mismo.

Angustias se persignó. Intentaba procesar no solo toda la información que acababa de recibir, sino que su corazón galopase como nunca porque, al escuchar a aquellas mujeres, se daba cuenta de que compartía con ellas muchos aspectos de su vida. La inmensa soledad del aislamiento le había hecho creer que era la única en aquellas circunstancias. Por eso sintió el impulso de desahogarse.

—Yo, yo... —empezó, a la par que miraba de forma continua hacia la puerta de salida, por si alguien se acercaba.

La Zapatera fue consciente de la situación al instante.

—Rosita, cierra la puerta, aunque nos asfixiemos de calor. Pero que esta mujer hable tranquila y sin miedo a que la escuchen y a que vayamos a terminar a bastonazos —dijo, sin parar de remendar.

Angustias levantó las comisuras en lo que pareció una sonrisa de agradecimiento. No recordaba desde cuándo su rostro no dibujaba un gesto así. Aquella posición de su boca era nueva, diferente, desconocida. Nunca sonreía. Nunca había sonreído. Casi no sabía cómo se hacía. Aquella sensación de liberación le proporcionó el arrojo necesario para continuar.

—Yo estuve marcada por el bastón de madre el mismo día del entierro de mi padre. Y todo por hablar con unos hombres de forma inocente. Madre me asignó un hombre que me abandonó también. Se llamaba Pepe el Romano. Era de los más apuestos del pueblo. Huyó después de... —No se atrevía a avanzar y prefirió parar—. Yo era mayor que él y soy la mayor de todas las hermanas. Por eso fui la elegida. Por eso y por la dote. Era la única que tenía, por el segundo matrimonio de mi madre, Bernarda. Yo sé que no me quería. Soy la más vieja y fea. Nadie apostaba por mí. Un día escuché a Poncia decir que me moriría en el primer parto. Ni para parir servía. Ni era cuerpo para querer ni abrazar.

—¿Pepe el Romano te abandonó porque te dejó de querer? —preguntó Belisa.

—Nunca me quiso, es la única certeza.

—Pero no estás sola..., tienes a tus hermanas —añadió Rosita—. Nosotras siempre hemos estado en la soledad de nuestra habitación.

—Puedes tener compañía y estar en la soledad más absoluta. Puedes tener compañía y sentirla como un yugo. Madre solo quería colocarme; y no me siento hermana de ellas porque soy la única de otro padre. Por eso, ellas me han odiado siempre. Magdalena, Adela, Martirio... Martirio me robó un retrato que tenía de Pepe el Romano. Luego dijo que era broma, pero mi boda era un asunto serio y eso no cabía.

Rosita tenía interés por saber más de los hombres de cada una de ellas. El suyo era casi un desconocido y pensaba que conocer cómo se comportaban los otros quizás la ayudaría a entender algo mejor la reacción de su primo. Por lo que había comprobado hasta ahora, todas venían con matrimonios concertados y, por un instante, se preguntó si los sentimientos de aquellas mujeres hacia ellos serían verdaderos.

—¿Él te gustaba como varón? —preguntó, directa—. Quiero decir, esas mariposas en el estómago de las que tanto hablan... ¿tú las sentías con su presencia?

Angustias se puso colorada, pero intentó responder.

—No lo sé. Yo le notaba distraído. Un día se lo dije a mi madre y me contestó: «No le debes preguntar. Cuando te cases, menos. Habla si él habla y míralo cuando te mire. Así no tendrás disgustos». Y tenía razón. Si me hubiese tapado los ojos y cosido la boca, nada hubiese pasado.

—Yo con mi marido no me callaba nada —apuntó la Zapatera, mientras terminaba su trabajo.

—Porque usted podría. Aun siendo pobre tenía en eso más libertad que yo, vigilada como he estado siempre por esa panda de hienas. A veces creo que todo fue un sueño, pero las lágrimas me recuerdan mi anillo de perlas, que aún guardo.

Belisa recordaba los días anteriores a su boda. No tenía voz. No porque realmente la perdiera, sino porque no le dejaban dar su opinión. Si no pudo elegir a su marido, aún menos el vestido, el peinado y la ropa de noche. Su madre era la intermediaria, su voz para todo. Y, desde que todo ocurrió, no dejaba de pensar en qué habría sido de su vida de haber hecho caso a su corazón y a su mente, de avanzar según su criterio y sus propios deseos.

—En algún momento, las mujeres de este mundo podrán decidir con quién casarse, pero no siendo una niña, sino con la propia voluntad por delante —Belisa deslizó aquel pensamiento como un deseo propio—. Quizás nos hicieron querer

a esos hombres porque no tuvimos otra elección, pero yo sé que el amor debe ser otra cosa... Por ejemplo, ¿a vosotras os gustaban otros hombres?

—¡Eso no se pregunta! —imploró Angustias.

Belisa sonrío picarona, mientras las otras tres dejaban escapar unas risitas nerviosas.

—¡Cómo que no! Que la vista hay que alegrarla. Doy el primer paso, venga... A mí me encantaba desde pequeña Francisco, el hijo del médico del pueblo —respondió la Zapatera, ilusionada por el recuerdo—. Teníamos la misma edad. De pequeños jugábamos a ser un matrimonio. Y todo apuntaba a que lo habríamos sido hasta que él tuvo claro que lo importante era el bolsillo y que una pobre no le servía de esposa.

—A mí me gustaba Manuel, que traía las semillas de las flores a mi tío —confesó Rosita, con ganas de compartir—. Una pena, porque, además, él viaja y con él hubiese conocido mundo. Se casó mientras yo esperaba a mi primo.

—Yo no pude conocer más hombre que Pepe el Romano —asumió Angustias—. No sé si existían otros para mí.

—¿Y si no hubiesen existido hombres para nosotras? —preguntó Rosita, que se vio forzada a aclarar su reflexión ante la mirada de desconcierto del resto—. Quiero decir, ¿habéis pensado qué habría sido de nuestras vidas si el matrimonio no hubiera existido?

—¡Cómo no va a existir, el mundo no sería mundo, no habría parejas! —replicó la Zapatera.

—No, claro que podría haberlas, y también mujeres que pudieran elegir no casarse o tener criaturas sin necesidad de pasar por el altar. Imaginaos poder querer a alguien sin ataduras, sin que te señalen, ni te insulten ni te deshonren por no estar casada.

—Pero la pobre sería más pobre, y la rica no sería rica sin el matrimonio en firme. No tendríamos propiedades, no tendríamos dinero. Necesitamos el matrimonio para vivir —justificó Angustias.

—Lo entiendo, sé que es así, pero el matrimonio, de existir, no puede ser nuestra tragedia sino nuestro disfrute en libertad. No puede ser una vida entregada y una palabra sin vuelta atrás.

—Muchas nubes en la cabeza tienes, Rosita. Pon los pies en la tierra. Sé buena moza —dijo la Zapatera, guardando la aguja y comprobando el acabado del calzado de la hija de Bernarda.

—¡No! ¿No podemos ser buenas hembras si hacemos lo contrario? ¿Quién ha dicho que tenemos que vivir así para ser buenas mujeres? ¿Quién ha decidido por nosotras, quién se ha apoderado de nuestra voz?

—Yo apoyo a Rosita —opinó Belisa.

—Yo... mientras todo lo que diga Rosita me quite de coser sábanas...

Angustias se llevó la mano a la boca, como si lo que acababa de decir fuera una osadía o un acto de rebeldía contra el código familiar. No pudo evitar, después, soltar una sonrisa explosiva que contagió a las demás. Intentó explicarse, aunque en parte no era necesario. Aquella conversación, distendida, sin normas, le daba paz y aliviaba su tensión. Explicó que, a veces, de tanto coser, se aburría. Angustias reclamó un vaso de agua y Rosita salió a buscarlo. Mientras se alejaba tuvo la certeza de que, en verdad, estaban tejiendo una red de complicidad entre ellas.

En el jardín, Rosita vio a María Josefa. La anciana hablaba sola y arrancaba jazmines azules que inspiraba con fuerza para, a continuación, ponérselos en la cabeza de forma desordenada. Intentó comprenderla. Tenía la teoría de que el comportamiento de cada una de aquellas mujeres obedecía a su destino. Hablar de ellas mismas era un desafío en una sociedad donde el silencio era un mandamiento. Poco a poco sentía que, entre ellas, se derribaban el miedo y la vergüenza. Aunque no llegaran a ver a Federico, pensaba que solo por encontrarse y compartir todo aquello había merecido la pena el intento. Quizás, fueran capaces de transformar tanto dolor en algo bueno.

Cuando entró en la casa, miró hacia el comedor. Dos de las hijas de Bernarda estaban sentadas junto a la rosa *mutabile*, cuyo color rojizo comenzaba a atenuarse. El tiempo avanzaba. Dejó atrás el recibidor y se dirigió a la cocina, donde la Poncia y la Criada vertían agua en vasos de cristal. Ambas miraron de soslayo a la joven cuando esta se detuvo en el umbral.

—¿Puedo llevarme uno de estos vasos para Angustias? —preguntó—. De paso, yo necesitaría otro.

Poncia se los acercó.

—Os está contando todo, ¿no?

Rosita guardó un prudente silencio, mientras observaba cómo las dos criadas seguían volcando agua en otros jarrones.

—Poncia, después de tantos años sin hablar, es normal que Angustias le cuente todo a las jóvenes —matizó la Criada—. Son mujeres sin hombre, no tienen otra cosa que hacer.

—Pues que diga la verdad... La vida puede escocer y ser tan áspera como el ácido de estos limones que acabamos de recoger en el jardín —sentenció Poncia, levantando la mirada hacia Rosita y haciendo un examen de su mirada—. ¿Y tú? Ya que te enteras de nuestras vidas, ¿qué pasó con la tuya? Te llaman «la Soltera», ¿no?

Rosita se esforzó en sacar una sonrisa para combatir el tono de reproche de Poncia. Tanto ella como la Criada se apresuraban en limpiar y cortar los limones.

—Que me llamen como quieran. No fui yo quien lo abandonó.

—Tuviste suerte de mantener el honor y no quedarte embarazada en tu situación.

—No sería la primera. ¿Qué ocurre, que encima de que nos abandonen, tenemos que vivir como viudas de luto? Yo cumplí por mi tío y mi tía, pero ya entiendo, tras años de ser estúpida, que una mujer puede hacer vida propia —subrayó Rosita, molesta.

—El pueblo juzga a toda mujer que no cumple. ¿Recuerdas lo de la hija de la Librada, Criada? —la Criada confirmó con la cabeza y la Poncia devolvió una mirada aleccionadora a Rosita antes de continuar—. Era soltera, pero se quedó preñada de un hijo no se sabe con quién. Cuando lo parió, lo mató y lo escondió, pero unos perros lo encontraron. Cuando el pueblo se enteró, la arrastraron por la calle y la apalearon con varas de olivo y mangos de azadones para matarla.

—Con las mujeres no hay límite de crueldad —sentenció Rosita.

—En nuestra casa pasó la mayor desgracia posible —sostuvo la Criada—. Las mujeres que no conocen varón y el amor no conseguido...

Poncia le relató todo. Angustias. Pepe el Romano. Adela. Martirio...

—Él solo tenía ojos para Adela y anillo para Angustias. Hasta que los descubrieron. Adela pensó que Bernarda lo había matado en uno de sus arrebatos, y...

—Decidió dejar este mundo —apuntó la Criada, mientras se santiguaba—. Descanse en paz.

—Lleva el vaso de agua a Angustias, antes de que sospeche —ordenó Poncia a Rosita—. Tú y yo, Criada, vayamos a buscar ahí fuera más limones para hacer más limonada, porque con estos no tenemos para todas. A ver si nos calma este calor interno.

Cuando Rosita dio media vuelta para obedecer, Angustias ya entraba en la casa en su busca. En el mismo recibidor, le retiró el vaso de agua de las manos y bebió con celeridad. Rosita se separó de ella y siguió los pasos de Poncia y la Criada, que ya se habían adentrado en el jardín y cuchicheaban entre ellas. Angustias buscaba un refugio y regresó con sus hermanas aun sabiendo que no era el mejor lugar de descanso. Permanecían todas sentadas muy obedientes en las sillas del comedor y miraron con descaro a Angustias, que comprobó que estaban solas, sin su madre.

—Ya podrías ofrecer agua a tus hermanas —lanzó Amelia—. Pero tú, como siempre, pensando solo en ti.

Angustias caminó hasta la mesa del comedor para depositar allí el vaso de agua y le devolvió una mirada seca.

—Si quieres agua, ve a la cocina a buscarla —sugirió Magdalena—. Dejemos de añadir sufrimiento.

—Seguro que has tardado en hablar con estas desconocidas —lanzó Martirio—. Lo que no hablas con tus hermanas lo has hablado con ellas.

—No tenéis razón para reproches. Hablo con quien quiero porque en una hora me han dado más cariño que vosotras en toda la vida. Os recuerdo que no somos de sangre —advirtió Angustias, tomando el último sorbo y volcando el vaso completamente.

—Bebe, bebe... que siempre has estado seca y por eso Pepe se fue con Adela —espetó su hermana.

—¡Martirio! —se levantó Magdalena de su sitio—. ¡No abras la caja de los truenos, que nos escucharán todas!

—Mosca muerta... Lo que te ocurre es que la envidia te corroe aún porque Pepe el Romano era para mí y tú, a diferencia de Adela, no pudiste ni escuchar siquiera unas palabras tiernas de su boca, ni sentir un pálpito de su corazón. Martirio, tú misma lo decías, eres fea, los hombres no podían quererte.

—¡Sabes que mientes, más que mala! A Enrique Humanes lo tuve detrás, pero me dejó por otra que tenía más, no porque no sintiera algo por mí. Eso no quita que no quiera más hombre, porque miedo me dan, solo nos traen desgracias y la violencia los arrastra.

—Ya dije yo que no se sabe si es mejor tener novio o no porque ser mujer es el mayor castigo —apuntó Amelia.

Todas permanecieron calladas intentando asimilar las palabras que se habían dirigido. Hacía años que no hablaban entre ellas sobre aquel tema, que habían creído enterrado para siempre. Antes de la muerte de Adela, en ocasiones, mientras tejían, conversaban sobre Pepe el Romano, sobre el amor o intentaban descubrir lo que les esperaba en la vida. Cuando todo ocurrió, la vida se paró. También las conversaciones. También conocerse entre ellas mismas. El silencio impuso distancia. Y la distancia las deshumanizó, a pesar de la sangre.

—Ese es nuestro destino. Y cuando regresemos a casa, no tendremos otra opción que coser sábanas desde la luna al alba. Aunque no guste, es la obligación —advirtió Angustias—. No podemos decir no a madre.

—No, no y no. Ya le dije a madre que antes de bordar sábanas prefiero llevar sacos al molino, porque yo no me quería casar —recordó Magdalena.

—Lo sé. Y madre te dijo: «Eso tiene ser mujer». Y tú respondiste: «Malditas sean las mujeres» —añadió Martirio.

—Malditas... Malditas, no. Malditos. Malditos los hombres, que todo nuestro honor ha dependido de ellos. Si nos aceptan, somos honorables. Si se van con otras, debemos guardar silencio. Si nos abandonan, es que algo habremos hecho. Si nos pegan, es porque nos lo merecemos... Malditas nosotras por ser mujeres solo y encomendar nuestro destino a sus hechos —manifestó Magdalena—. Y, mientras, nos pudre el qué dirán cuando todas sufrimos por lo mismo. Despertemos.

—Madre viene para acá —advirtió Angustias—. Oídme, esta pelea no ha ocurrido. Silencio, silencio he dicho. Silencio.

LA ROSA ROSA

En cuanto Bernarda llegó, Magdalena se levantó de un brinco de su silla y abandonó el comedor.

—Mira qué pelo y qué zapatos llevas. Eres un desastre. Vas con los cordones desatados, como siempre —le indicó Amelia alzando la voz.

—Te digo lo de siempre: ¡qué más da! —contestó Magdalena, que ya atravesaba la puerta verde y salía al jardín.

Por primera vez, sentía la libertad de no dar explicaciones. Sabía que su madre y sus hermanas la vigilaban, pero su temor a que cualquier conversación mostrase más de lo que ya estaban demostrando era un bozal para el resto de la familia. Avanzó por el jardín, con el deseo de que ojalá su vida diaria fuese siempre así: con una puerta abierta para respirar cuando las paredes oprimían sus pulmones y su mente.

—¿Quieres que te peine? —preguntó Belisa, que estaba bajo una de las acacias en busca de sombra—. Se han escuchado los gritos de tu hermana desde aquí.

Magdalena bajó la vista sobresaltada. No esperaba encontrarla allí. Dudó, sin saber bien qué responder. Reconocía que su mente, recluida y reducida al único contacto de sus hermanas, le hacía percibir esa invitación como una especie de violación a las normas de la familia. Pero, por otra parte, tenía unas ganas tremendas de contestar. Desde que estaba allí sentía una extraña liberación que, de forma gradual, ampliaba su alma. Belisa repitió la pregunta y, con una palmada en el suelo, la invitó a que se aproximara para hacerle el peinado y romper la desconfianza. Magdalena sonrió, se acercó y se arrodilló en el suelo, de espaldas a ella. Hacía años que no sentía el frescor de la hierba bajo su cuerpo y sus manos.

—Siento que nos escuches a voces siempre. Ya has visto cómo somos.

—La represión y la falta de libertad explota en gritos —respondió Belisa, mientras comenzaba a desmenuzar el moño—. Tienes un pelo fuerte, solo hay que ponerlo en su sitio.

—¿Qué me harás en el cabello?

—Una trenza. Y, si quieres, la adornaré con algunos de los jazmines azules de la entrada. Ya verás. Vas a ser la envidia de tus hermanas —señaló Belisa con un guiño cuando Magdalena se giró un poco para dar su conformidad con una sonrisa.

—A peor no creo que podamos ir después de estas. Creo que la represión diaria y esa cárcel en la que vivimos nos han podrido por dentro. Como si una termita hubiese carcomido nuestras entrañas poco a poco. Siento que ser mujer es una maldición. A veces creo que gritamos y nos peleamos solo por sobrevivir. Nos dañamos unas a otras en un instinto de supervivencia.

—Tú eres un poco verso libre... como era yo.

—¿Cómo te llamabas?

—Belisa.

—¿Y por qué dejaste de ser un verso libre?

Belisa dejó escapar un largo suspiro antes de responder.

—Porque la vida te ata. En ocasiones, por mucho que intentes rebelarte contra tu destino, no puedes con él. Yo era alegre. Mucho. Hasta que un hombre se cruzó en mi camino y... dejé de ser un verso libre para ser un verso al orden. Cuando intentaba romper aquella rígida estructura, cuando erré en ello, fui castigada.

Magdalena no quiso preguntar más por pudor y también para que Belisa no indagase mucho más en su vida. Desde donde estaba, a la sombra de aquel árbol, podía ver a sus hermanas a través de la ventana del comedor. No las escuchaba, pero sabía que hablaban de ella. Había aprendido a descifrar el murmullo de los tonos bajos a través de los muros.

—Míralas a todas... Estamos aquí, en esta casa con una puerta abierta, en un jardín con luz, y mis hermanas siguen obedeciendo a mi madre, sin salir del salón, en su negro luto.

Belisa, de reojo, sin desviar su atención del peinado, echó un vistazo a las hermanas desde la distancia, antes de responder.

—A veces, a las personas les ocurre como a los pajarillos enjaulados, que les abres la puerta de la jaula y no quieren salir.

—¿Por miedo?

—No sé. Por costumbre... o sí, por miedo a no cumplir lo que se espera que hagamos. O por miedo a que después venga algo que nos dañe. Quizás lo hacemos por un instinto de protección para no sufrir más.

—Pero entonces no arriesgamos, no volamos. Desde hoy, a mí no me pasa eso. Yo le estoy perdiendo el miedo a mi madre —confesó Magdalena, con enorme ilusión y girándose hacia Belisa, quien respondió con una mueca de enojo.

—Muy bien, me gusta que digas eso, pero me acabas de destrozar la trenza al girarte para hablar. Siéntate de nuevo para que pueda peinarte bien.

—Sí, perdona, perdona —corrigió Magdalena, aunque su mente seguía anclada en el pensamiento anterior—. Yo he sido hoy de las primeras en romper los muros y ventanas y salir corriendo de casa. Si vieras a las vecinas tras las cortinas, cuchicheando. No he sido tan feliz en años, lo prometo. A pesar de este verano plomizo, ha sido una maravilla sentir el sudor y el calor, el poco aire, pero alguna brisa, bordear los chopos tremendamente verdes, como el vestido de Adela, y esa sensación de andar metros de distancia sin mirar atrás. Como si nada me atara, como si no hubiera pasado. Ha durado poco, porque pronto me siguieron todas a gritos, pero me he sentido viva. En toda mi plenitud.

Magdalena terminó su reflexión y extrajo un abanico de flores rojas y verdes que tenía bajo la falda. Lo abrió y agitó con fuerza.

—Es precioso... —sostuvo Belisa, que admiraba la ruptura de colores.

—Si supieras... Este abanico era de mi hermana Adela. El día del sepelio de nuestro padre, Adela se lo entregó a mi madre, que se enfadó muchísimo, cómo no. Le dijo: «¿Crees que esto es abanico para una viuda?». Hace poco, madre vio

que yo lo guardaba aún y me gritó: «Respeta el luto». Respondí que bastante luto había padecido ya, que quería color, fresco y flores de verdad. Yo lo guardo con cariño. Voy a defender este abanico porque es una forma de que no muera mi hermana. A veces hay objetos que nos representan cuando nos vamos, creo. O quizás es solo un escape de consuelo. Pero ella era el color y las flores y el aire... Lo que yo hubiese dado por ver feliz a mi Adela. Era la que tenía más ganas de vivir, pero también la más frágil ante la adversidad y se apagaba entre aquellas paredes. De no haberse suicidado, creo que se hubiera muerto de soledad y tristeza. Como se marchitarán todas estas flores, sin remedio, cuando llegue el invierno.

En ese momento, Belisa, que acababa de terminar la trenza, posó sus manos sobre los hombros de Magdalena para intentar trasladarle su apoyo sin resultar invasiva y con el sentimiento de que cada una de sus reflexiones formaban parte, en cierta manera, de una experiencia común.

—Ven, vamos a por los jazmines azules —indicó Belisa, incorporándose e iniciando el paso—. Seguro que los verá tu hermana, desde donde esté.

—Si hubiésemos tenido voz, si hubiésemos podido hablar a tiempo de todo, sin ocultarnos, sin juzgarnos entre nosotras, sin sentirnos malas mujeres por romper el silencio... Si Adela hubiese podido decir su verdad sin miedo, si nuestro futuro no hubiese dependido solo de un varón... A veces creo que por mucho que nos lo impidan, las palabras, cuando se encierran en los adentros, terminan por germinar y por salir por la boca, aunque no se quiera. Igual que brota la primavera sin que nadie pueda impedirlo.

—En ocasiones, como estos jazmines que arranco y, otras veces, como espinas —dijo Belisa, consciente de que las hermanas las vigilaban.

—Ay, qué dolor de vida —clamó Magdalena, con una exhalación—. Maldita sea nacer mujer.

En la entrada de la casa, Belisa le prendió un jazmín en cada nudo de la trenza y giró su cuerpo hacia el espejo del recibidor. Magdalena sonrió y las dos observaron en sus reflejos lo mejor de sí mismas y una nueva complicidad entre ellas. Aquel instante duró poco, lo que tardaron las hermanas en acercarse apresuradas desde el comedor para ver el nuevo peinado de Magdalena. En el umbral, Bernarda, apoyada en su bastón, dirigía una mirada nueva en la que había desaparecido cierta parte de su odio. Aunque nadie sabía que gran parte de su odio era hacia sí misma.

La Criada hizo una pausa en el descansillo de la escalera antes de ascender el último tramo. Terminó de subir a la primera planta con esfuerzo. «Estos peldaños me van a sacar las caderas», maldijo para sí misma. Oteó tras un par de puertas hasta llegar al dormitorio de Federico. Como si fuese un lugar prohibido, se aseguró de que no venía nadie antes de entrar. Se persignó ante la imagen de la Virgen que ocupaba el cabecero de la cama. Luego, palpó la colcha, con el interés de averiguar el tipo de punto utilizado, y se sentó sobre ella para buscar un minuto para sí misma. Aquella no era su habitación, pero sí un instante lejos de su historia programada en el libro, y lejos de todas. Era una pausa de silencio, un respiro de tantas órdenes, quejidos y mandatos. Aun así, sentía las cadenas de su condición, como si aquella parada fuera algo que una mujer como ella tuviera prohibido y no se pudiera permitir. Si Bernarda la descubría, podría regañarla de nuevo. Recordó el motivo principal por el que había subido, abandonó la habitación y se centró en localizar a Rosita en una de las salas de la exposición dedicada a Federico. Antes de hablar, dio dos pequeños toques en la puerta con los nudillos y aprovechó para limpiarse el sudor de las manos en el delantal.

—Disculpe, señorita. La buscaba por dos cosas. La puerta de la casa está abierta, pero es mejor que la cierre, ¿no? Y también venía por si necesita algo. ¿Le apetecería una limonada? Poncia y yo hemos recogido unos limones en el jardín. Hace demasiado calor y hay que beber.

Rosita levantó la vista de la carta de Federico que leía en ese instante y que estaba expuesta junto a otras en una vitrina.

—Hemos vivido demasiado entre muros y puertas cerradas. Mientras estemos aquí, dejemos la puerta abierta para recibir a las que quedan por

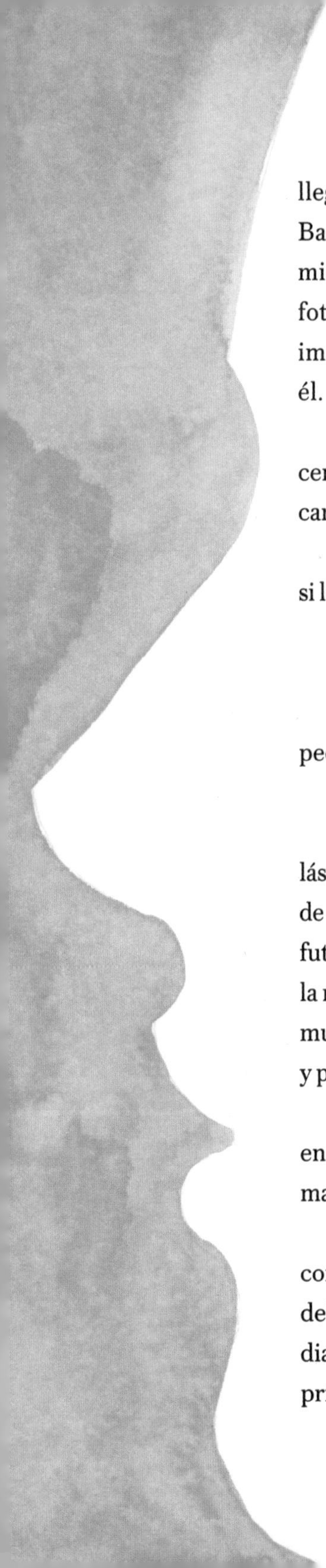

llegar. No tenemos nada que esconder. Y no te preocupes por mí. Bastante tienes con atender a Bernarda y a sus hijas —respondió mientras observaba cómo la Criada se acercaba con interés a una fotografía del escritor, levantaba uno de sus dedos y señalaba la imagen, a la vez que alzaba las cejas en un gesto de duda—. Sí, es él. Es Federico.

—No lo conocía —comentó la Criada, que aproximó la vista para centrarse en los ojos de escritor—. ¡Qué planta, el caballero! Tenía cara de buena gente. Y listo, era un rato.

—Sí, la gente le quiere mucho. No sé si él lo sabrá. Quiero decir... si los muertos llegan a saber lo que se les quiere.

—¿Cree que Federico vendrá a verlas a ustedes?

—¿A verlas? A vernos, dirás...

—No, yo no. Yo soy una secundaria y pobre, no tengo nada que pedirle, pero ustedes sí pueden.

—¡No digas eso!

—Sí, sí lo digo. Mi destino está asumido desde la cuna. No sienta lástima por mí, señorita. Mi vida ha sido supervivencia. Fui la mayor de cinco hermanos a los que tuve que cuidar desde pequeña. Ningún futuro me esperaba. Y fui criada sin afecto, con los pies en el barro y la mente fría. No puedo pedir nada y estoy orgullosa de ser así. Por muchas monedas que tenga doña Bernarda, no me cambio por ella y por sus hijas. Pero dígame, ¿vendrá, entonces, don Federico?

—Es mi deseo. Por eso no dejo de leer sus cartas y todo lo que hay en esta habitación, para conocerlo mejor, para saber si hay alguna manera en la que pueda asegurar su regreso.

La Criada se sentía cómoda con aquella joven. No le hablaba con altivez. Nació y creció con las miradas despectivas por encima del hombro, en una vida cargada de obediencia a órdenes inmediatas. Lo que ella deseara nunca tenía espacio. Le enseñaron que primero siempre iban los demás. Avanzó unos pasos hacia Rosita, con timidez. Para ella, la lectura y la cultura eran palabras mayores y reverenciales, pero la curiosidad la superaba.

—¿Qué dice en esa carta que usted lee?

—Esta es muy divertida —advirtió Rosita con una leve sonrisa—. Aquí escribe a su familia desde el monasterio de Santo Domingo de Silos, en Burgos, en agosto de 1917... Y comenta: «Vi luz, me asomé y me llevé un susto morrocotudo porque se me vino encima un San Benito Abad que tiene más del tamaño natural».

La Criada rompió en una carcajada.

—¡Qué cantidad de situaciones vivió ese muchacho!

—Sí, y es probable que, en su mente, en muchos de esos viajes, pensara en nosotras. ¿Quieres leer conmigo? —la invitó Belisa, mientras se retiraba de la vitrina para dejar espacio a la Criada.

—No, no. No puedo hacerlo —se lamentó, a la par que dio un respingo.

Rosita se preocupó por la reacción.

—No tengas miedo. Si viene Bernarda, yo te defenderé.

—No es eso. De doña Bernarda ya tengo callos de sus golpes —respondió con resignación, mientras se asomaba a sus ojos una mirada esquiva, modesta y pudorosa—. Es solo que... no sé leer. No sé leer ni escribir. Como tantas mujeres de mi edad. Y como tantas mujeres pobres.

—Perdóname...

—No se sienta mal. Es solo que una tiene la sensación de no valer para nada. Luego dicen que somos agrias, pero eso nos lo dan nuestro trabajo y esta vida repleta de humillaciones que llevamos. Una vida dura cambia el carácter, porque nunca nos han tratado como personas. Tengo más lágrimas que sonrisas en mi rostro —respondió, tratando aún de evadir la mirada.

—No, no, ni de lejos. No te sientas así —imploró Rosita, que se acercó a la Criada para animarla—. Te hubiese encantado conocer a mi ama.

¿Sabes? Ella fue la primera persona a quien confesé que os quería escribir y reunirnos. Ella me dejó la puerta abierta. Mi ama es quien me ha cuidado. No quiero desmerecer a mi tía, pero ella me quiere porque es de mi familia. Supongo que la sangre la conduce a ello. Pero mi ama... ¡ay, mi ama! No te lo imaginas. Ella no tiene obligación, y su entrega, consejo y escucha siempre están ahí. Y la he admirado, como te admiro a ti, a todas las que estáis ahí, porque trabajáis en un silencio que duele, cuando hacéis las labores más ingratas. Yo tuve suerte de aprender a leer porque tío enseñó a tía, y ella siempre me decía: «atiende a esto, que te puede salvar la vida». Antes no entendía ese tipo de reflexiones, ahora algo más. Leer me da alas y me duelen todas las que hoy día siguen sin poder aprenderlo.

La Criada sonrió algo avergonzada. No estaba acostumbrada a recibir palabras suaves, delicadas y con afecto. Su mente se había hecho a la dureza, a esperar los discursos más ingratos. Aquellas palabras sonaban como música para ella. Y, en cierta manera, le hubiese encantado en aquel encuentro estar con esas otras mujeres, salir de aquel círculo asfixiante de la casa de Bernarda Alba.

—Afortunada ha sido usted. Yo no sabré juntar las letras, pero tengo ojos y sé cómo es la vida y por qué tantas mujeres abandonaron este mundo sin saber leer ni escribir. Porque son ellos los que gritan las noticias en la plaza del pueblo, ellos los alcaldes y los que tienen el poder, son ellos los que crean las normas incluidas las nuestras, son ellos los que negocian, han sido ellos durante siglos los que dentro de las casas han tenido las propiedades y han mandado sobre todas las criaturas. Ellos son los que firman y sentencian. Solo por eso es.

Rosita la atendía con admiración. Acaba de resumir su propio pensamiento y le llenaba de orgullo escucharla así y no sentirse sola en sus demandas.

—Ese es el motivo para que Federico nos escuche y nos comprenda a todas.

La Criada había vivido muchas penurias. No podía desglosarlas una a una, cada día, casi cada hora, porque resultaba inabarcable, pero se esforzaba en localizar palabras sencillas para que comprendiera su padecimiento diario.

—Nacer en una casa u otra, siendo varón, era darte un látigo y propiedades. Siendo hembra lo primero que podías esperar es que te ataran una pierna a la mesa. Y eso es como si a un pajarillo le atas una pata, que por muchas alas que tenga, así, nunca podrá volar. Yo lo he visto siempre con mis propios ojos. Y si eres mujer y pobre, te atan de las dos piernas. Menos hombres te quieren. Y la gente te espanta como si fueras una mosca. —La Criada hizo una pausa para rebajar su tono—. Perdone estas palabras. No van por usted, señorita, van por este pueblo y esta gente que nos rodea, que nos marca el camino y nos dice qué está bien y qué está mal. Ojalá hubiese podido leer y entender qué quieren decir todos esos signos en los papeles. Me crea una impotencia tremenda. Si volviese a nacer... ¡yo quiero ser hombre!

Rosita deslizó su mano sobre el hombro de la Criada, quien acompañó sus últimas palabras de un golpe de aliento, mientras alzaba los ojos hacia el techo. Pronto bajó la cabeza, como si asumiera su auténtica verdad. Dio media vuelta y caminó varios pasos hasta abandonar la habitación rumbo a la cocina. Rosita se giró para reemprender la lectura de las cartas, pero nada más verlas una idea cruzó su mente como un relámpago y, dando media vuelta bruscamente, corrió hacia el umbral.

—¡Espera!

La Criada, que había descendido el primer escalón, empezó a girarse sobre sí misma para atender a su llamada, con cuidado de que su pie no sobresaliera del peldaño y de no soltar el pasamanos.

—Dígame qué necesita, señorita, pero en menudo momento me ha cogido usted, a ver si no me caigo por la escalera.

De pronto, La Criada vio que tenía a Rosita casi encima y, del susto, casi se va escaleras abajo. Rosita se subió la falda para no pisarse al descender, la adelantó un par de escalones y la frenó, tratando de sujetar a la Criada para que no perdiera el equilibrio.

—¡Madre, mía, que nos matamos!

—¡Baja la voz, mujer, que nos escucharán abajo!

—Pero ¿qué quiere, alma de cántaro? ¡Que vamos a acabar rodando como melones por las escaleras!

—¡Agárrate a mí! —respondió Rosita, con una sonrisa, sujetando las manos ásperas de la Criada y bajando el tono de voz—. Calla y escucha... Yo enseñé a mi ama a leer, ¿quieres que te enseñe a ti un poco hoy?

Se hizo una breve pausa. La Criada no daba crédito a que alguien quisiera enseñarla a leer. Nunca nadie se lo había ofrecido. Jamás. Y aún menos podía creer que alguien se preocupara por ella y por lo que sentía. Al rostro de la Criada se asomó una sonrisa nunca vista, con un sí sin pronunciar, pero que podía leerse en el brillo de sus ojos.

Las dos asintieron, convencidas de su trato, pero en cuanto dieron media vuelta para regresar a la sala, una corriente de aire abrió la ventana de Federico con fuerza. Rosita y la Criada entraron a la habitación mientras vencían al viento. La joven se peleaba con las hojas de la ventana para cerrarlas, mientras la Criada intentaba ayudarla.

—Virgen santa, pero ¿qué es este viento de buenas a primeras en mitad de este calor? Si ha levantado hasta la colcha del señor —comentó la Criada mientras la extendía de nuevo y alisaba las arrugas con las palmas de las manos—. Y mire el suelo, señorita, ha arrastrado briznas de hierba...

Nada más poner punto final a esta frase, se oyó la voz de Bernarda, que gritaba el nombre de Rosita, insistente, con urgencia, una y otra vez. La joven, sobresaltada, corrió escaleras abajo hasta llegar al recibidor. En el umbral de la puerta abierta había una mujer con el cabello largo despeinado y un vestido blanco roto y sucio. Era la Novia.

Todas rodeaban a la Novia. Su aspecto era descuidado, iba descalza y despeinada, tras andar por las montañas y por la Vega. Tenía la piel tostada por el sol y los labios agrietados. Todas la contemplaban con cierta preocupación, porque la mirada de la Novia parecía perdida. Como si se hubiese dejado arrastrar y no supiera por qué estaba allí. Poncia y la Criada la acercaron al diván de la entrada para sentarla y le ofrecieron agua. La Novia aceptó y bebió con lentitud, mientras Bernarda no dejaba de inspeccionar a la joven.

—Yo conozco su historia completa —se jactó Bernarda.

—No hace falta que me repita lo que he vivido y no olvido. Es mi condena —replicó la Novia, sin mirarla siquiera.

—Cuando Federico nos escribió y estábamos en su mente, usted ya había pasado por allí. Justo por eso tenía tanto miedo con mi hija —prosiguió Bernarda, a la vez que se acercaba a ella y le levantaba la barbilla a la fuerza para que la mirase.

—Quite —demandó la Novia, con brusquedad, retirando su mano—. No necesito lecciones de moral. Ya llevo mi peso encima.

Rosita medió para aliviar la tensión del momento.

—Me alegra mucho que estés aquí, con nosotras.

—Tampoco sé a qué he venido —manifestó la Novia con rotundidad.

—Te sentará bien estar con nosotras. Ya lo verás.

—Entonces, ¿te ibas a casar? —preguntó Angustias de golpe.

La Novia la miró sin cordialidad, pero dispuesta a responder sin ofrecer detalles.

—¡Qué más da!

—¿Te dejó por otra como me ocurrió a mí? —insistió Angustias.

—¿No dice ella que lo sabe todo sobre mi vida? —la Novia lanzó esta respuesta seca al aire, frente a una Bernarda que no le perdía ojo, vigilante, apartada del grupo.

—Nuestra madre sabe pero calla —matizó Martirio—. Dime, ¿te abandonó por otra?

La Novia tomó aire, decidida a contar la verdad ante tanta expectación.

—No. Yo abandoné a mi novio y me fui con Leonardo, que era a quien realmente amaba. Los dos se pelearon bajo la luna y la boda se tiñó de sangre.

—¡Ave María purísima! Dios los tenga en su gloria... —exclamó la Poncia, mientras el resto reaccionaba con un estupor contenido—. Las jóvenes a veces perdéis la cabeza por amor.

—¡¿Y qué hay de malo en ello?! —gritó la Novia—. ¿Acaso no perdéis la cabeza por las normas en el pueblo y lo que dice la gente? ¿No perdéis la cabeza por la honra? ¿Acaso está prohibido amar con las entrañas? Ya me basta y me sobra con la cruz de llevar sus muertes sobre mis espaldas de por vida. Que si pudiera, pediría a gritos a Federico que me los devolviera. Y hablar sin que se me juzgara.

Bernarda emitió un quejido.

—El amor os vuelve ciegas. Hay que aprender cuanto antes a mantener la cordura. Por eso hay que poner muros de dos metros de alto en las casas.

—¡Yo los salto! —sentenció la Novia entre dientes y agitada—. Y dejad de mirarme así, que sois como alfileres que se me clavan en los ojos.

Se cruzaron la mirada entre todas, en el recibidor. La Novia, sentada en el diván, con su aspecto descuidado y dolorido. A su lado, Rosita, sin saber bien cómo avanzar con ella o si le molestaría que le sujetara las manos o cualquier otra muestra de afecto. En primera fila, rodeándolas de negro, las hijas de Bernarda junto con la Poncia y la Criada, y detrás, la Zapatera y Belisa. En el umbral, Bernarda. Cada vez que la Novia levantaba sus ojos sentía el peso de todas ellas sobre sus hombros, sin más opción de escapatoria que la rabia de sus palabras. Rosita miró desde el diván a las demás. Con su gesto transmitió la necesidad de calma para avanzar.

—No estamos aquí para juzgarnos entre nosotras —advirtió—. Cada una hemos hecho lo que hemos podido, si es que hemos tenido algún margen para decidir y no cumplir lo que se esperaba de nosotras. Lo importante es que coincidimos en que no nos gustan nuestros destinos. Tenemos que pensar qué reclamamos a Federico. Vamos a centrarnos en eso, porque el tiempo corre. La rosa no tardará en tornarse blanca y, en unas horas, comenzará la cuenta atrás.

—Ay, ¡la Novia! —exclamó María Josefa, que apareció por sorpresa.

La Novia puso un gesto de extrañeza al oír su voz. La anciana se abrió paso a codazos entre el grupo, sosteniendo bajo uno de los brazos a la oveja, que balaba sin cesar. Entonces se plantó ante la joven, la miró y estableció una enigmática conexión con ella. Luego le acarició el rostro.

—Hola —respondió la Novia, en voz baja.

—¡Qué guapa eres! —proclamó María Josefa—. ¿¡Sabes!? ¡Seremos las dos novias! ¡Yo también me quiero casar! Yo también soy novia, ¿lo he dicho? Y me casaré en el mar y con espuma y caracolas y erizos y sal y arena caliente. ¿Te vienes? ¡Vamos a escaparnos! Y con mi vestido de blanco cal... —dijo, a la vez que estiraba con sus dedos de piel anciana su propia ropa.

—Pero ¡abuela! ¡Si va usted en enaguas! —reprendió Angustias con una risa contenida.

—¡Déjame! ¡Ella es novia y me entiende! Y la oveja es el párroco —proclamó, mirando al animal—. ¡Esta noche nos casaremos bajo la luna!

Todas se cruzaron una mirada de desconcierto, aunque algunas de ellas, como Belisa y las hijas de Bernarda, tuvieron que hacer un esfuerzo para contener la risa.

—¡Bueno, bueno, que esto se nos va de las manos! —interrumpió la Zapatera, mientras le hacía soltar a la Novia el vaso de agua y tiraba de sus manos para levantarla—. Para empezar, tú te vienes conmigo. Hay que arreglar este vestido que llevas. Menudas harapientas me llegáis hechas. Yo pensaba que venía a descansar y, entre unas y otras, ¡qué trabajo me estáis dando!

Las dos se alejaron con María Josefa a la zaga, murmurando. Bernarda aprovechó este momento de quietud para dar unos pasos hasta Rosita, que seguía sentada en el diván y sujetaba el vaso de la Novia. Una vez a su lado, sostuvo la mirada a la joven durante unos segundos, cerniéndose con imponencia sobre ella. Luego dio un golpe seco de bastón contra el suelo y se inclinó para hablarle de cerca.

—No sé si haremos esta boda, pero yo creo, joven, que ya es hora de explicar qué plan se trae entre manos.

La Novia guardaba silencio en el cuartillo de los arreglos. Seguía ensimismada, aislada en sus pensamientos. Estaba de espaldas a la Zapatera, que la miraba de reojo desde el suelo. En esa posición podía remendar mejor parte del dobladillo de la falda, que estaba descosido y arrastraba por el suelo.

—Luego llamo a Belisa para que te peine bien bonita y recupere tu trenza. Cuando termine de coser esto, ya no te lo pisarás y podrás caminar tranquila. Por ahí creo que hay unos zapatos de esparto que quizás te queden bien. Hay que estar presentables para Federico.

—No quiero zapatos. Me he acostumbrado a andar descalza.

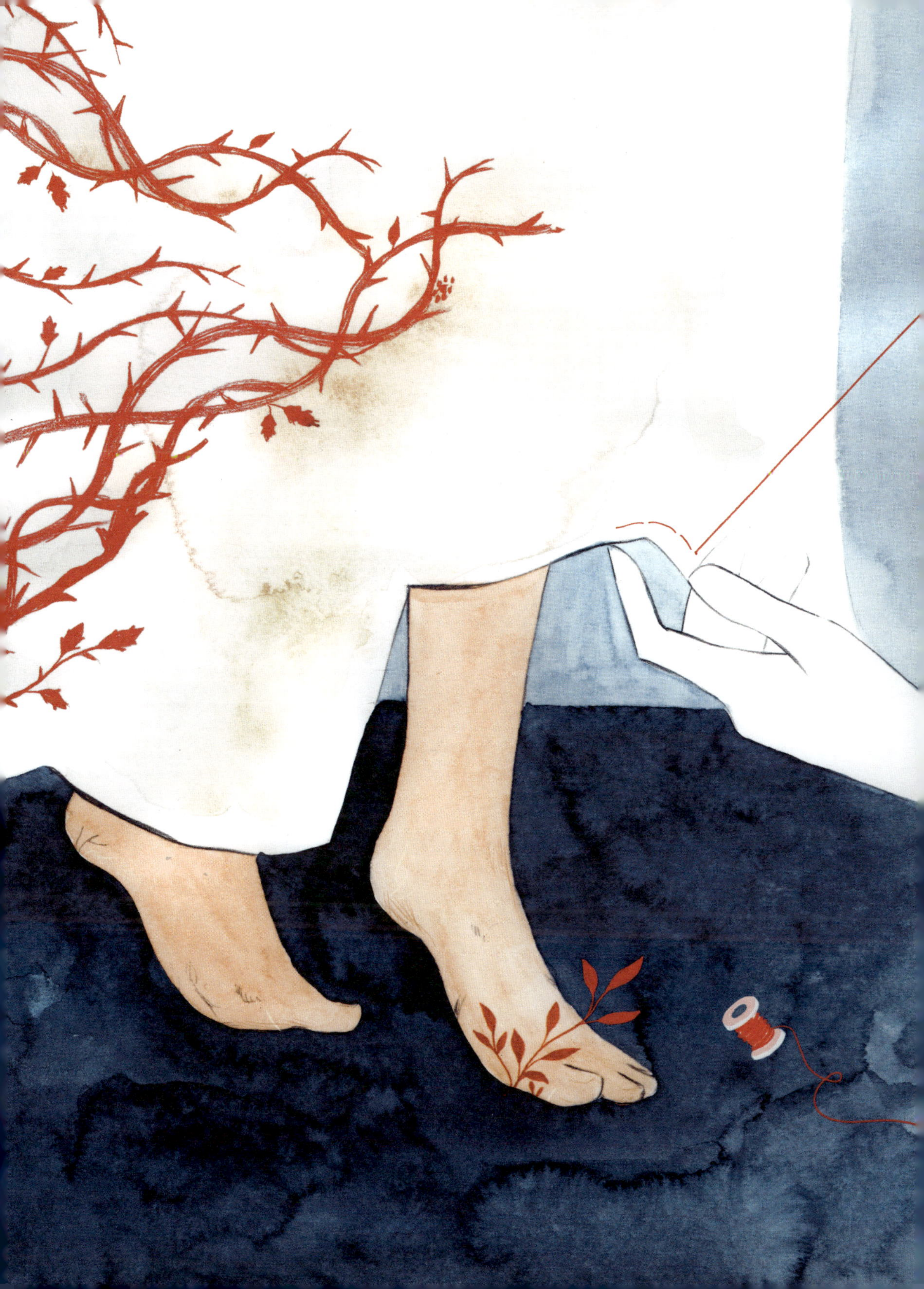

La Zapatera comprobó que sus pies estaban marcados por rasguños y heridas. Eran minúsculos, pero la joven parecía haberse acostumbrado a aquel dolor. Quizás aquello no era nada en comparación con la aflicción que arrastraba por dentro. Pensó que cada una había resuelto su trauma de diferente manera. Rosita, sin apenas rencor salvo pena por sí misma. Bernarda, negando la realidad de Adela y convirtiendo su corazón en piedra para no sentir. Belisa, con vergüenza y una culpa que aprendía a liberar poco a poco. La Novia... aún no lo había superado. O quizás sí. No quería adelantarse a nada, pero le parecía que la muerte de sus dos hombres se había quedado tatuada en su retina, y de ahí, grabada con cincel en su mente, de donde era imposible borrarla.

—Creo que cada una de las que estamos aquí queremos que nuestras vidas sean como estos pespuntes que ahora doy sobre tu tejido. Avanzar pero retroceder. Si queremos avanzar tenemos que volver un poco atrás, hablar con otras, saber de dónde venimos. Pero, sobre todo, hablar con nosotras mismas. Y con la verdad por delante. Sin miedo.

—Si lo dice por mí, yo ya no tengo miedo de lo que venga. Peor no puedo estar ni ser.

—No temas hablar.

—No temo. Si me hubiese preocupado no me habría ido nunca con Leonardo, y lo hice.

—Lo que digan los demás son habladurías. Yo misma las he padecido en mi propia piel y a esas lenguas largas hay que mirarlas de frente y soltarles cuatro cosas bien dichas.

—Pero ¿su novio o marido... murió?

La Zapatera hizo una pausa. Se percató de lo diferentes que eran sus historias y entendió hacia dónde quería llevar la conversación la Novia. Ella había vivido una tragedia completa. Y aquello había marcado su carácter defensivo, que era como una tabla de salvación para su propia conciencia.

—No, no murió. Pero sé que si nosotras no cumplimos lo que dicen los demás, como mujeres, nos atacan a todas por igual. Por muy diferentes que seamos, en eso todas estamos igual. A veces pienso que mi Zapatero y yo regresamos porque no queríamos estar solos y para evitar las habladurías. Aunque yo qué sé. Los hombres, en ocasiones, nos hacen perder la razón.

La Novia emitió un marcado suspiro.

—Ay, la razón frente al corazón. Desde que todo sucedió, no he dejado de pensar ni un solo día en sus cuerpos descomponiéndose bajo tierra con los gusanos. Desde aquel día de sentencia no he dejado de preguntarme cómo soportar las toneladas de culpa que arrastro y que me doblan la espalda.

—¡Eh, muchacha! —La Zapatera se levantó y giró su cuerpo para que la mirase a los ojos, aunque la Novia trató de evitarlos—. Yo no he sentido nunca ese amor de tormento, pero aquí, culpas ninguna, que ya tenemos suficiente. Nuestro destino estaba escrito.

—Déjeme.

—No seas terca. Qué manía de darse con el látigo de la culpa.

—Sí, porque desde ese papel donde fui escrita podía haberle gritado a Federico para que me obligara a seguir con obediencia mi camino. Porque él me dio alas y porque me dejé arrastrar por las ganas y el impulso de Leonardo. Una brizna de hierba tras él es lo que sigo siendo. El aire me mueve. Por siempre esperando que todo sea un mal sueño y que él regrese. Esperando que alguien me libere de esta losa.

—¡Quítate tú la losa, aunque pese y cueste! ¡¿Y por qué es la culpa solo tuya?! ¡¿Por qué es la culpa siempre nuestra?! ¿Por qué no pudo ser de ellos la culpa? ¿Por qué solo sabían hablar con cuchillo en mano? ¿Por qué ese orgullo altanero y egoísta? Se peleaban por ti como si fueras una propiedad, una de sus tierras. ¿Por qué no reconocía cada uno cuánto te quería? Y sé que el amor puede ser bien ciego y terco y obstinado y salvaje. Y les entiendo a ellos, atados de pies y manos porque sin casarse no son hombres que se vistan, pero la honra solo sirve para el ojo por ojo y bañar todo de luto. No cargues tú con todo porque no es justo. Tú no les clavaste ese puñal.

—Pero fui el puñal de su desdicha. ¡Maldito el día!

La Novia rompió a llorar, casi en silencio. Brotaban sus lágrimas como de una fuente. La Zapatera pensó que aquella conmoción no había sido expresada antes de ninguna otra forma, sino que había permanecido contenida desde que ocurrió, como el agua que llena un embalse y que solo se libera cuando se abren las compuertas.

Le dejó su espacio y tiempo para llorar. Se sentó y la observó. Reducida y deshecha. Quizás solo estaba esperando a hablar, a tener un momento para verbalizar y así ser consciente de todo. Se incorporó y la abrazó. Notó que la Novia se agarraba muy fuerte a ella, casi como si le fuera la vida en ello. Y allí, la Zapatera le habló al oído.

—No pienses más y haz por sonreír. Estar aquí ya es importante. Empezar es un comienzo. Hay que hacer cosas nuevas para evitar la locura. Déjame que termine de coser este dobladillo para que puedas andar libre. Y cuando esté listo..., Novia, empieza a caminar de nuevo.

En la cocina, Poncia y la Criada acercaron sus sillas a la alacena de la derecha, donde estaba el pasaplatos que conectaba con el comedor. Se oían voces al otro lado de la pared. Poncia retiró la perola que había en el primer estante para alcanzar mejor la puertecilla y la abrió una rendija; lo suficiente para observar por la abertura cómo estaban todas sentadas en las sillas del comedor. Se acercaban a la mesa principal para servirse la limonada que habían preparado para aliviar el calor. Cuando Bernarda, que estaba de espaldas a ellas, giró su cuerpo para servirse, Poncia se apresuró a cerrar para evitar que las descubrieran, pero, a los pocos segundos, volvió a entornar la diminuta puerta, dejando una apertura pequeña adonde acercar sus oídos y que entrase el sonido de la conversación.

—Esta tormenta la veía venir... —sentenció Bernarda, con un canturreo final—. ¡Estamos aquí para nada! Sin plan ni destino. ¡Que no vendrá Federico ni nadie! ¡Os lo dije, hijas mías, pero os dejáis arrastrar por las ilusiones y las ilusiones son solo polvo que arrojar a los ojos! Doña Rosita, en mi casa solo pisamos suelo y hierba y no perdemos el tiempo. ¡Debemos marcharnos cuanto antes! ¡Nada hacemos aquí!

—No, madre, yo me quedo —respondió Magdalena—. O esta vez puede pasar por encima de mi cadáver y llegar al pueblo diciendo que perdió dos hijas.

Las hermanas contemplaban con la respiración encogida la tensión entre madre e hija. Bernarda separó sus labios para hablar, pero se frenó en el último momento.

—No es cierto que no tenga un plan. Os hice venir... —arrancó Rosita.

—Pero ¡¿para qué?! —demandó Bernarda, casi hecha una fiera.

—Para hablar...

—¡Me importa lo mío, mi terreno, mi honra! Si Federico no viene, ¿sabéis qué pensarán las vecinas? Que hemos huido como locas, que he perdido la orden y mando de mi propia casa. Si Federico no viene ¡¿con quién vamos a hablar?!

—¡Con nosotras mismas! —espetó Rosita, que se levantó para aproximarse a Bernarda—. No se da cuenta ni usted, ¡escúchese a sí misma para aprender cómo es! ¡A nadie le gusta ver su reflejo si es una condena! ¡Escuche su tono, su voz, sus palabras y confiésese a sí misma cómo es para las demás y para consigo misma! Esto es también para hablar con nosotras y entre nosotras de lo que somos y queremos. Para escucharnos, para pensarnos. ¡No tenemos ni voz propia! Reunirnos es construir lo que anhelamos. ¡Ahora es así!

—¿Cómo que ahora? —cuestionó Bernarda—. Los personajes no podemos saber de la vida de hoy.

Rosita dio la espalda a todas, en busca de más limonada, como una vía de escape. Se sirvió un poco más de la refrescante bebida en su vaso y, sin darse la vuelta, decidió confesar.

—Tampoco podemos buscar a nuestro autor, está prohibido, y aquí estamos. En el mundo de los humanos, a veces hay situaciones o energías que navegan entre los vivos y los muertos. Muertos que se sienten llamados y regresan de múltiples maneras. Con nosotras ocurre algo parecido. A veces, cuando una humana nos lee, si le llega a lo más hondo nuestro dolor o nuestro pensamiento, o los suyos son muy intensos, se produce una conexión extraña. No sé explicarlo, pero a veces escucho sus pensamientos o sus voces contándome pequeños dolores de sus vidas. Dura poco esa conexión, pero existe. Hay alguna puerta o espacio que nos une. Así es como he descubierto, a pinceladas y sin certezas absolutas, que hoy en día nuestras vidas habrían sido diferentes.

—Pero eso no puede hacerse. No podemos escuchar a los humanos cuando nos leen —subrayó Belisa, con cierta incredulidad.

—¿Quién dijo eso? ¿Quién nos lo prohíbe si ocurre? —matizó Rosita—. ¿Acaso no nos saltamos las normas cuando amamos? ¿No amamos incluso cuando

sabemos que no debemos? Y lo hacemos, y nos lanzamos al vacío aun sabiendo que no habrá futuro...

—Y tu esperanza es que, entre todas, quizás logremos encontrar en algún espacio alguna manera de llegar a Federico —explicó Magdalena.

Rosita asintió, mientras Bernarda se levantaba de la silla.

—¡No os dais cuenta de que os está lavando el cerebro! ¡Aquí no hay nada que hacer! ¡Tenemos que irnos!

Magdalena y Amelia se levantaron, desafiantes.

—Usted lo que quiere es huir. De esto, de nosotras, de nuestras historias. Pero, sobre todo, quiere huir por si aparece Adela. Que me trague la tierra si no he adivinado su motivo verdadero, madre. La reto a que se quede si no es esa la razón —replicó Amelia.

En ese instante, por mucho que aparentaba soportar el peso de la conversación con su tronco erguido y sus manos entrelazadas con tensión, el rostro de Bernarda mostraba que su ánimo había sido tocado. No lo quería verbalizar. Solo pensar en esa posibilidad la atenazaba. Ella, la gran Bernarda, la que se había enfrentado a todo y a todos, la que había callado a sus hijas y a un pueblo entero, se sentía diminuta e intentaba recomponerse sin dramas añadidos, para que nadie lo sospechara. Regresó a su silla, se sentó y puso sus manos sobre el bastón, apretando tan fuerte que, de haberlo querido, podría haber rajado el suelo y llegado al centro de la Tierra. Tan visible era la fuerza que ejercía contra él que las hijas pensaron por un momento que este se partiría de nuevo. Tal y como consiguiera hacerlo Adela en su día y cuyas secuelas todavía eran visibles en forma de grietas en la madera. Guardó silencio. Y todas hicieron lo mismo. Bernarda, sintiéndose perdedora. Amelia, vencedora. Un David frente a Goliat. Tras la ventanilla de la cocina, Poncia y Criada sonreían y hacían muecas de victoria.

—Este lugar es especial —confesó Rosita para retomar la conversación y convencer al resto de las hijas de Bernarda, a las que observaba divididas entre Adela y su madre—. Hoy es un día especial. Aquí concibió Federico en su mente a muchas de nosotras. Aquí estuvo Federico antes de morir. Y un día como hoy, Federico murió. Estoy leyendo sus cartas para conocerlo mejor. Quizás localice la forma de conectar con él, o quizás Yerma sepa más de eso. Ella participaba en conjuros...

—¿A quién más enviaste la carta? —preguntó Belisa.

—A Yerma... y también a Adela y a Mariana Pineda.

—Las muertas no pueden vernos —pronunció Angustias, casi mimetizando la voz de su madre, que la observó como aliada.

—¿Y por qué no? No lo sabemos —respondió Belisa, rotunda—. Quizás, como dice Rosita, los personajes estamos en un limbo entre los humanos y los no humanos. Y los personajes muertos renacen en cada lectura. Nadie lo sabe. Y si nadie lo sabe con certeza, caben todas las posibilidades.

—¿Podremos ver a Adela? —preguntó Magdalena, con una mezcla de desconcierto e ilusión en su voz.

—No sabemos qué nos deparará la noche. Solo aprovechemos que estamos aquí. La rosa avanza. ¿Qué nos espera si nos vamos de aquí? Lo mismo de siempre. Solas no haremos nada. Yo tengo miedo de lo que pueda pasar, pero, aunque nada de lo esperado ocurriese..., ya ha ocurrido lo inesperado. Aquí estoy sintiendo. Aquí estoy con vosotras. Más viva que nunca.

Rosita prestó atención a los rostros que la rodeaban. Uno por uno. Cruzó su mirada de forma más rápida sobre la Zapatera y Belisa, sabiendo que contaba con su complicidad de antemano. Y luego, la reposó sobre Angustias, Martirio, Magdalena y Amelia. Las primeras, más esquivas. Las últimas, con una sonrisa de satisfacción. Solo quedaba una, Bernarda. Y cuando llegó su turno, esta solo logró mantenérsela unos segundos antes de desviarla, rendida, hacia el suelo. Rosita respiró aliviada. Ya no había vuelta atrás.

La Zapatera se levantó de la silla y se sacudió el traje antes de hablar.

—Yo propongo que, aunque de aquí nos vayamos sin lograr hablar con Federico, cada año quedemos entre nosotras —sentenció—. ¡Como la gente importante! ¡Esto es un desahogo puro! ¡Más emocionante que la taberna con los lamentos de los varones! ¡Y así, al menos una vez al año os puedo coser el calzado o los vestidos!

Todas rompieron a reír con la ocurrencia de la Zapatera, incluida la Novia. Estaba escondida tras la pared. Quizás buscando un caparazón, en una situación en la que intuía un cambio en su vida. Allí permaneció unos instantes hasta que, en mitad de aquellas risas mezcladas con murmullos, aceptó la mano de la

Zapatera, que se la tendía ahora, invitándola a salir de ese espacio para que todas pudiesen verla como una nueva Novia.

Rosita, como experta en flores, iba por delante de Belisa. Quería preparar una sorpresa a la Novia. Esta caminaba la última, algo más pausada. Aunque parecía ausente, su mente se centraba por momentos en examinar con cuidado aquel bello jardín. Aquella exuberancia de color contrastaba en su recuerdo con los tonos ocres, secos y agrietados entre los que se crio y de los que estaba acostumbrada. Desde la distancia, la Novia, más austera y salvaje, atisbaba la delicadeza de Belisa en su ropaje, en sus movimientos, en su forma de hablar...

—Venid con cuidado. Aquí está.

Rosita habló con voz muy baja, mientras esperaba a que Novia y Belisa se situaran a su lado. Les devolvió una sonrisa traviesa. Se llevó el dedo a su ojo como señal de que estuvieran atentas y, con lentitud, aproximó su mano hacia el tallo de una flor. En el momento en el que la agitó, decenas de mariposas blancas brotaron casi de la nada y se pusieron a revolotear entre ellas tres.

—Pero ¡esto qué es! —exclamó Belisa, emocionada.

—Es una budelia, conocida como el arbusto de las mariposas o lila de verano. Es una de las flores más bonitas que me presentó tito. Cuando florece, las mariposas acuden aquí en cantidad y se ocultan entre sus pétalos.

—Quién fuera mariposa para poder escapar... —anheló la Novia, muy emocionada por aquella belleza natural, mientras una de las mariposas se posaba en sus manos.

Las tres observaron con detalle el aleteo del insecto, que no abandonaba el lugar. Cuando el sol incidía en sus alas, parecían brillar aún más y su blanco era tan intenso que casi cegaba con el reflejo de la luz. Rosita pensó en cuando su tío le presentó aquella flor y en cómo, a veces, soñaba con ser una mariposa para poder cruzar el océano en busca de su primo. Eso duró unos años, hasta que

dejó de imaginar los motivos. Justo ese día, después de tanto tiempo acumulado en el reloj de arena que observaba bien en su habitación, había pensado que quizás todas las mujeres se comportaban como aquel insecto para sobrevivir y, al recordarlo, quiso compartir esa reflexión, tan propia y suya, con la esperanza de no sentirse sola.

—Para llegar a ser mariposa hay que iniciar una metamorfosis. Toda mi vida la siento como si hubiese permanecido en un capullo, protegida, creciendo, a la espera. Salir de ese capullo no es fácil ni se hace rápido. Se consigue con tiempo y con dolor. En cierta manera, cuando las mujeres nos saltamos esas normas secretas que, a pesar de no estar escritas, todo el mundo se encarga de recordarnos, rompemos esa protección para ser nosotras mismas. Todas lo hemos hecho hoy viniendo aquí. Y ahora solo estamos pendientes de echar a volar. Quizás salgamos de este lugar con unas alas de colores, como las que merecemos. Seríamos las mariposas más bonitas de este jardín. Volaremos, ¿verdad?

Rosita pronunció esta última frase intentando respirar hondo y deseando que lo que decía fuera cierto. Belisa y la Novia se percataron de que Rosita, como ellas, apenas podía contener ya unas lágrimas que sobresalían y brillaban en su párpado inferior. La joven respiró profundamente, una vez más, y avanzó en busca de más flores. Arrancó unas florecitas pequeñas, llamadas árbol de Júpiter; también cinco claveles rosas, dos rosas blancas, azahar y unas buganvillas. Las tres caminaron hacia el patio exterior de la casa de los guardeses, que era una construcción aneja a la principal. María Josefa se cruzó en su camino.

—¡Novia! ¡No te vayas lejos que nos casamos hoy! ¡Y seremos libres como las mariposas! ¡A la noche! —gritó mientras se alejaba siguiendo a la oveja, que corría tras los aleteos de unas mariposas.

Las tres mujeres sonrieron.

—No está tan loca como parece. No lo está —remarcó la Novia, con firmeza.

Llegaron a su destino, la entrada a la casa de los guardeses, y descansaron fuera, en un banco encalado pegado a la pared de la vivienda de Federico, bajo la sombra de un limonero. Belisa aprovechaba para arrancar algunas uvas de la parra que había junto a la madreselva, mientras se las comía. La Novia se dejó

caer sobre aquel muro. Respiró y se relajó un minuto. Solo en aquel gesto le vino un golpe de añoranza. Aquel frescor en la espalda le recordó al que sentía en las paredes de su cueva. El inmenso calor se rompió de nuevo con una nueva brisa de aire, más impetuosa. Belisa agarró con fuerza las flores, mientras se agitaban las ramas y las hojas de los árboles y volaban algunos pétalos del jardín.

—Así fui yo —rompió la Novia, con la mirada perdida en el recuerdo—. Una brizna de hierba. Sin control. Dejada. Sin guía. Arrastrada solo por impulso.

—Si supieras cómo te comprendo —confesó Belisa, que separaba una a una las flores sobre el asiento—. ¿Para qué sirvió responder al corazón? ¿Para qué?

La Novia asintió con energía antes de proseguir.

—¿Para qué tanto dolor? ¿Para qué tanta dicha si luego vendría tanta infelicidad?

—Para vivir, supongo —respondió Rosita. Su rostro se volvió triste y casi compasivo, con unos ojos que buscaban comprensión—. ¿De qué me sirvió a mí no obedecer a mis impulsos? ¿De qué me sirvió ser buena moza y esperar a nada? ¿De qué me sirvió esperar?

—Pero los nuestros murieron —añadió la Novia, señalando a Belisa.

Rosita calló, en un intento de no molestar. Sin embargo, tenía la sensación de que nadie acababa de ponerse en su propia piel. ¿Qué decir para que entendieran el insoportable tormento que le supuso pensar que estaba vivo y en silencio, sin dar la cara y sin conceder consuelo? Escarbó en su memoria para localizar las palabras precisas con las que expresar su propio dolor y lograr que la comprendieran, a pesar de la trágica pérdida que ellas habían afrontado.

—Yo no tengo cuerpo al que llevarle flores. Yo no tuve cuerpo al que llorar, pero pasé un duelo que aún no he terminado. Tuve que forjarme, cada día, la idea de que estaba muerto para poder soportarlo.

Las miradas de la Novia y Belisa se tornaron más comprensivas. La Novia pensaba en las diferentes experiencias que acumulaban entre todas. A todas las habían educado para ser casadas. Todas estuvieron dispuestas a aceptar una boda negociada. Rosita esperó una boda que nunca tuvo. Belisa esperó una boda con otro hombre, buscando palabras de agrado, y calor en brazos de una persona irreal. Y ella, la Novia, tuvo una boda empañada de sangre, con dos cuerpos sobre los que arrojar tierra y guardar luto.

—Mi infidelidad fue el escape a una condena. No fue otra cosa... —añadió la Novia.

—O la esperanza de que la vida cambiara cuando ya sabíamos que estaba estancada —matizó Belisa, algo más enérgica—. Cuando buscas a otra persona es porque tu matrimonio no funciona. Y no tenemos que estar obligadas a un marido no elegido por nosotras. Y a pesar de eso nadie comprenderá nuestra tristeza ni la resistencia a una vida infeliz, sino que nos perseguirá el estigma por siempre, por ser mujeres.

La Novia cambió el registro de su voz, que ahora sonó más evocadora.

—Recuerdo que en las cuevas había un mozo casado que se iba con cualquier mujer, sobre todo durante las romerías, al llegar la primavera. Todas lo sabíamos. Cada año lucía una nueva conquista en el pueblo. Y, cuando se paseaba con ella del brazo, a él le aplaudían en la taberna. A nosotras, en cambio, por desear solo a otro varón, nos lapidan y nos borran el nombre.

—Yo os admiro —confesó Rosita—. Desafiasteis la infelicidad, la tristeza que supone obedecer sin voz propia. Fijaos en mí, de nada me sirvió ser obediente. Pero vosotras... ¡oh, vosotras! Fuisteis valientes. Valientes y fieles a vuestro corazón.

A la Novia se le escapó una lágrima, junto a una mueca de alivio.

—Leonardo me decía: «Callar y quemarse es el castigo más grande que nos podemos echar encima». Y cuánta razón tenía. Siempre que el dolor me quiebra y me raja pienso en cómo era estar en sus brazos. Pienso que, en cada uno de aquellos instantes, aproveché la oportunidad de vivir como quise. No le dejé escapar. Y lo olí, y lo mordí, y lo besé, y me sentí segura y me sentía feliz. Sé que no volveré a sentir nada igual, al menos no de forma tan honda y penetrante, pero más terrible sería marcharme de este mundo sin haber experimentado esas sensaciones que ni yo misma sabía que existían. En la oscuridad de la noche, cuando cierro los ojos y le pienso, y me regresan su olor y su voz, me alivia pensar que no lo dejé pasar de largo por miedo, que lo disfruté antes de que se fuera y de que nos hicimos felices por un momento.

Rosita aguantaba las lágrimas por la Novia y por ella misma. Mientras la escuchaba se preguntaba por qué ella no vivió nada igual, por qué ella fue privada de todas esas sensaciones, de esa energía y de esa entrega sin censura. Había cientos de cosas que nunca había manifestado. Necesitaba sujetar las manos de la Novia, que ya lloraba, para dar ese paso.

—Que nunca se te olvide esa sensación, porque has sido muy afortunada. Yo me acostaba imaginando que la fuerza de sus brazos me rodeaba, y que su piel olería a flores del jardín, y que me diría buenas noches al oído y me daría la calma. Y que al despertar él estaría ahí. Pero nunca estuvo, porque todo eran imaginaciones mías y un amor vacío y solitario. El tuyo fue correspondido. Quédate con el consuelo de que lo tuyo fue real.

Belisa suspiró con un gemido y las tres se abrazaron. Se intercambiaron unas miradas, con unas sonrisas empañadas de lágrimas de nostalgia, amor propio y alivio de culpa, y atendieron a las voces que procedían del fondo del jardín mientras se secaban aprisa el rostro.

—¿Qué hacéis? —preguntó Magdalena.

—¿No lo ves? —respondió la Poncia, que recogía naranjas del árbol con ayuda de la Criada—. Tomando algo de fruta para comer hoy. Aquí ni hay gallinas ni huevos. Y no vamos a comer gorriones.

En ese instante, María Josefa paseó por delante de ellas, ajena a la situación. Desde que llegó, la anciana no paraba de caminar.

—Como no nos comamos la oveja de la abuela... —lanzó la Criada.

Poncia soltó una carcajada. Magdalena se aproximó a las dos y empezó a tirar de una naranja que no conseguía arrancar del árbol. Poncia y la Criada reaccionaron con un gesto de incertidumbre.

—¿Qué estás haciendo, hermana? —Amelia la sorprendió—. Estamos todas en el salón.

—¿Qué pasa? Te aburres tras el cristal con madre y tienes que controlar aún lo que hago, ¿no? —respondió Magdalena, enfadada—. Voy a ayudar a Poncia y a Criada a recoger frutas para todas.

—¡Dios la oiga! —imploró la Poncia boquiabierta.

—Pero ¡ese no es nuestro trabajo! —dijo Amelia con firmeza.

—¿Quién lo dice? ¿Madre? ¿Y qué más da?

Amelia se encontraba casi acorralada por aquellas respuestas.

—Les pagamos casa y comida, hermana.

—No me ofenda, señorita, o lanzo agujas si me tira de la lengua —amenazó la Poncia.

—Aquí no somos solo nosotras, somos todas —sentenció Magdalena, que seguía empeñada en arrancar la naranja, aunque sin éxito—. Yo recogeré fruta y hierbas con ellas, y tú, hermana, si quieres, sigue cosiendo y bordando sábanas. Hoy es el único día que estamos fuera de casa y no voy a gastarlo con vosotras.

Magdalena tiró con tanta fuerza de la naranja que, al final, acabó en el suelo y con la fruta aún en el árbol. Todas rieron y Poncia se acercó para cortar la pieza con una navaja y entregársela.

—Aquí la tiene —dijo mientras se la lanzaba—. Más allá hay unos nísperos, y también una higuera bien frondosa cargada de higos. ¿Viene?

—No somos tan jóvenes. Llevamos toda la vida trabajando y se agradece cualquier ayuda. Las labores de casa siempre nos persiguen y una mujer nunca se jubila de ellas —añadió la Criada, quejosa, mientras levantaba un balde de bronce con las primeras frutas recogidas.

Las tres se alejaron para buscar más árboles, mientras que Amelia se quedó atrás, observándolas. Miró de reojo hacia el ventanal del comedor, donde permanecían su madre y sus hermanas. Recordó las palabras de Magdalena y avanzó con el grupo, sin volver a casa. Su hermana se dio cuenta de que se sumaba a ellas y, sin recriminación, sonrió para sí. Belisa, la Novia y Rosita, que habían escuchado parte de la conversación desde lejos, pidieron permiso y también se unieron al resto. Belisa y Rosita demostraron ser como las hijas de Bernarda, con poca habilidad para recoger la fruta, mientras que la Novia exhibió una fuerza y

una destreza más que suficientes para ello. Cuando terminaron de recorrer los árboles que seleccionaban, se tiraron al suelo bajo la higuera. La Poncia, naranja en mano, arrancaba la piel a bocados y, luego la escupía.

—Amelia... Cuando has sentenciado antes, debo aclararte que no todo en esta vida es tener techo y comida como el que da tu madre. Se agradece la mano que da de comer, pero no se da las gracias si esa mano te golpea y condena al infierno. Yo agradezco a Dios esta naranja y su carne jugosa, pero la escupo si viene con gusanos —explicó, mordiendo ya con fuerza la fruta.

La Novia la imitaba y Belisa frotaba contra su ropa una manzana.

—Magdalena ha tenido un gesto noble —comentó la Criada—. Nuestro trabajo es invisible. Siempre nos miráis por encima del hombro y no como a iguales.

—Es que no lo somos —sostuvo Amelia, de nuevo, mientras jugaba a doblar una pequeña rama para descargar sus fuerzas.

—Sí que lo somos —Poncia mostró contundencia en su respuesta—. Tú eres una mujer. Yo soy una mujer. Con cabeza, pies y manos. La única diferencia fue la cuna y las monedas. Yo también hubiese valido para vestirme decente y no fregar suelos. Pero eso es para nosotras, las pobres. Sin embargo, las pobres tenemos cabeza y corazón, por mucho que nos tratéis sin él. No heredéis el veneno de vuestra madre.

—Y muchas veces hemos sentido, las dos, por sus destinos —comentó la Criada—. Nosotras estamos sentenciadas, pero ustedes tuvieron una vida por delante.

—Para esta vida que tengo, a veces hubiese preferido ser pobre. Vosotras habéis amado. Tú, Poncia, has tenido hijos. ¿Para qué nos ha servido la cuna? ¿De cárcel? —comentó Magdalena—. Mantener la posición ha tenido un precio alto. Prefiero pobre y libertad de espíritu y pensamiento, a pudiente y un espíritu pobre.

Poncia meneó la cabeza, poco convencida.

—Yo sentí mucho lo de vuestra hermana Adela, más que vuestra madre. Ser madre es una prueba tras otra. No sé cómo, pero sabes cuándo estás preñada antes de que tengas cualquier señal. Y luego notas cómo la criatura se agarra a las entrañas y luego sientes que te arrancan algo cuando sale de entre tus piernas. Yo, aún con sangre en su cuerpo, lo primero que hice fue echármela al pecho y darle calor. No se aprende a ser madre, la vida te lanza y te apañas.

—Ser madre no es solo parir. No sé si la nuestra merece ese nombre —lanzó Magdalena—. Me alegro de no tener su sangre. Que, por mucho que haya estado dentro de su cuerpo, no haya heredado la maldad de su corazón. Si fuéramos cinco hermanos varones nunca hubiese podido meternos entre las paredes, no habría tenido valor.

Entre todas empezaron a compartir ideas sobre la maternidad y sobre ellas mismas, como hijas. Poncia contaba que su madre le hizo buscarse pronto la vida. Rosita creció sin madre, aunque su tía intentó cubrir aquella carencia. Y Novia creció sin madre, aunque el estigma que el pueblo lanzó sobre ella la acompañó desde la cuna. Su padre lo fue todo, pero no para hablar de sentimientos. Y Belisa tuvo que abrazar su destino por palabra de madre, sin oponerse a incumplir su voluntad.

—Pero debéis comprender que no es su voluntad, ¡es la nuestra! —denunció Magdalena.

—¡Despertad! La voluntad de las mujeres no es nuestra, sino de los hombres, que son los que mandan. Las madres os guían lo mejor que pueden porque saben de los peligros que acechan ahí fuera. Y saben de las reglas —advirtió Poncia.

—Pero ¡las reglas están para romperlas!

—Magdalena, ¡ya olvidaste a tu hermana y el precio que pagó por romperlas! ¿Y no ves lo que le ocurrió a la Novia? Estáis encerradas entre paredes y órdenes, pero para ser una mujer sola hay que ser muy fuerte. Tener espíritu de hombre, orden y mando, o te comen. Los destinos de mujeres como vosotras son el matrimonio, o acabáis como nosotras o llamadas por el libertinaje. Las mujeres tienen pocas opciones de sobrevivir. No somos hombres con la última palabra —respondió Poncia.

—Quizás ahora será distinto... —apuntó Rosita.

—¿Ahora? —preguntó la Poncia, con sarcasmo—. No sé qué pájaros tienes en la cabeza. Algunas podrán, no lo niego, pero ya te digo que en cualquier rincón del mundo habrá alguna mujer que seguirá pasando por lo tuyo. Leerá tu historia y verá sus días reflejados en cada página. La vida de todas las mujeres no cambiará de golpe y porrazo por muchos siglos que pasen.

La conversación se terminó pronto cuando escucharon que la Zapatera venía gritando hacia ellas. Mientras Rosita se incorporaba, la otra se acercó para anunciarle al oído la llegada de una señora de aspecto descuidado y enigmático que nadie esperaba. No había sido invitada. Rosita, algo temerosa, avanzó hacia el jardín de la entrada de la casa para presentarse ante ella. Le impresionó su aspecto, entre misterioso y secreto. La envolvía un aroma a ceniza y a hierba seca, tenía el rostro marcado por surcos y vestía una capa gastada por el tiempo. En su mano sostenía un bastón de madera del que colgaban unas pequeñas piedras, que brillaban, unos sacos de tela y unas campanas pequeñas que chocaban entre sí.

—Me llamo Dolores, pero me conocen como la Conjuradora. Traigo a una de las mujeres de la carta, que se negaba a venir.

—¿Dónde está? —preguntó Rosita, que ya intuía de quién se trataba.

La mujer señaló con el dedo hacia la parte posterior de la casa.

Rosita caminó en su busca, seguida de la Zapatera. La encontraron agazapada en el suelo, bajo la ventana de la cocina. Tan pronto escuchó el sonido de sus pasos sobre la tierra, la mujer levantó la cabeza y habló:

—Soy una asesina. Soy Yerma.

Ni la Zapatera ni Rosita pudieron convencer a Yerma para que entrara en la vivienda. Lo poco que pudieron hablar con ella se redujo a unas palabras escuetas. Yerma extendía ante sí un telón de hierro para defenderse. Belisa y la Zapatera acudieron a la zona de la casa donde se vendían los libros de Federico. Pasearon los ojos y posaron sus dedos sobre algunos de ellos hasta localizar el de Yerma. Desde allí se dirigieron al comedor.

Mientras Poncia y Criada servían en las mesas frutas e infusiones de hierbas obtenidas del jardín, Belisa leía *Yerma* en voz alta, cautivando la atención de la Novia y de las hermanas. Bernarda guardaba un silencio prudente y sospechoso. La historia de Yerma era la de otra tragedia, la de un anhelo creciente incumplido, la de una tensión entre la esperanza y la desesperación final. Mientras todas permanecían entretenidas descubriendo la historia personal de Yerma, Bernarda, en silencio, se levantó y caminó hacia la puerta de entrada.

—¿Dónde va, madre? —preguntó Angustias para sorpresa de Bernarda.

—Aquí hace un calor insoportable. Marcho fuera, en busca de aire.

Angustias comprobó cómo su madre se alejaba con sigilo, pero algo la inquietó: caminaba sin su bastón, que había dejado apoyado contra la pared, como si aquella vara fuera su presencia en su ausencia, su orden vigilante. Angustias miró hacia el exterior y la vio pasar por delante de la ventana.

Mientras tanto, en el jardín, Bernarda respiró profundamente. Se sentía fuera de control. Tomó aire de nuevo y, cabizbaja, echó a caminar hacia la parte posterior de la casa, pero justo cuando marcaba el borde del camino, retrocedió unos pasos con rapidez. Las voces dejaban claro que Yerma estaba acompañada. Con cautela, se asomó por la esquina de la casa y comprobó que, junto a ella, en el suelo, estaba su madre. La anciana la miraba como si fuera la única con la capacidad de traspasar su mente y su corazón. María Josefa le acariciaba el rostro y le decía algunas palabras al oído, mientras Yerma sostenía en sus manos un gorrión.

—Una amiga me contó que lo más parecido a sentir una criatura en tu vientre es sostener un pájaro entre las manos. A menudo lo sostengo, noto su calor, cómo late el pequeño corazón... y asumo que esto es lo más cercano a la vida que mi cuerpo podrá sentir jamás.

Yerma dejó escapar al gorrión, que salió volando hacia las ramas más próximas. María Josefa siguió la trayectoria del pájaro y fue entonces cuando cruzó su mirada con Bernarda, quien con rapidez se ocultó de nuevo tras la pared.

—¡Bernarda! ¡Bernarda! ¡Sal de ahí!

Bernarda salió de su escondite dando grandes zancadas y, como un ave rapaz, se abatió sobre su madre y le tapó la boca con la mano, mientras la anciana se resistía.

—Madre, ¡cállese! Más le vale cuidar de la oveja para poder casarse. ¿O se le ha olvidado ya que tiene que casarse? ¿Dónde está el animal?

María Josefa calló y se llevó las manos a la cabeza. Preocupada por su boda, cesó en su empeño de defenderse y se marchó con premura, gritando el nombre del animal. Bernarda se quedó a solas con la mujer y dio unos pasos hacia ella.

—Usted es Yerma, ¿no?

La mujer asintió con una mirada defensiva y la identificó.

Bernarda comprobó que desde la ventana del salón las espiaban sus hijas, Poncia y la Zapatera. La mirada que les lanzó fue suficiente para que se alejaran del sitio. De hecho, resultó tan aclaratoria que incluso Poncia echó la cortina blanca. Bernarda se tomó unos instantes para sopesar cómo abordar a la mujer. Tirarse al suelo y sentarse junto a ella no entraba en sus planes de modales ni de honra. Pero también era cierto que, a esas alturas, sabía que nadie la vigilaba. Consciente de que desafiaba sus propias normas, se acercó y se sentó sobre una piedra que había a una distancia prudencial. A las dos, en aquel instante, solo las cubría un silencio denso pero cargado de intenciones. Todo el mundo sostiene su propia carga. También Bernarda. Y aunque ella nunca fue de compartirla, en aquel instante, ajena a todos los prejuicios y con una desconocida cuya historia conocía, intuyó que no tenía nada que perder.

—Deje de darse con el látigo de la maternidad. Hay algo peor que no ser madre y es que tus propias hijas te odien por serlo —sentenció, rompiendo el silencio—. Escuchar, de tus propias hijas, que odian que seas su madre.

—Es probable que cada una recoja lo que siembra.

—Puede ser... Pero a veces hay buena tierra, buen sol y buena lluvia y aun así las cosechas no crecen y no hay nada que recoger.

Yerma acarició con las yemas de los dedos unas piedrecitas que tenía junto a su falda y, luego, dirigió sus ojos hacia los chopos que tenía enfrente.

—Mire este jardín —comentó—. ¿Qué ha hecho él que yo no hice para tener frutos y ser fértil? Hasta la naturaleza se me rebela.

—No todas las mujeres sirven, y la naturaleza es sabia al concebir —respondió Bernarda con sequedad—. Solo le digo que no crea que la maternidad lo es todo.

—Lo es.

—No. Es un deber que hemos tenido como mujeres. Sin preguntar. Sin cuestionar. ¿Eres mujer? ¡A traer hijos al mundo! ¡A parir con dolor! En estos pueblos, en este mundo, servimos para eso como hembras, como animales.

—Parir con dolor... —lanzó Yerma al aire como un deseo incumplido.

—Sí, como si se te partiera la espalda en dos, como si fueras a morir sin aire, como si perdieras y te arrancaran de tus adentros una parte de tu cuerpo.

—Por eso lo digo —enfatizó Yerma con inquietud—. ¿Qué es ser mujer sin ser madre?

—Es ser mujer. Y punto —respondió Bernarda, tajante—. El problema es que nadie nos ve como mujeres. ¿Alguien se ha preguntado alguna vez qué quiere Bernarda? Ese autor, Federico, ¿acaso dio voz a lo que yo pensaba o quería como mujer? Yo también tenía anhelos, pero cuanto antes aprendas que la vida no es la que quieres sino la que te toca, menos sufres. Ser madre ha sido y es mi condena.

—No ser madre es también una condena. Usted tuvo nombre y autoridad cuando se casó y tuvo familia. No podría usted haber soportado la cantidad de murmullos sobre mi honra, mi dignidad. Que si era una mala mujer, que si el demonio estaba en mi, que si no quería a mi marido... Yo ni lloré el día de mi boda ni el día que me entregué. Sé lo que es la mirada sobre mí y las palabras que se clavan.

Bernarda suspiró al cielo, con una marcada mueca de indignación, mientras por su memoria desfilaban decenas de circunstancias similares.

—¿Y cree que siendo madre no hay murmullos? ¿Cree que nadie juzga? ¿Qué soy yo a ojos de todo el mundo, sino la mala madre, la peor, la víbora? A falta de hombre tuve que asumir su lugar. No me arrepiento de mis decisiones. Estaban escritas.

Yerma se quedó pensativa. Su desaliento y su agonía la seguían acompañando. En su cabeza se hacía las mismas preguntas de siempre sobre por qué no pudo ser madre. Esos porqués la rondaban y le pesaban como el plomo en su alma. Era su pensamiento más recurrente. Estaba ahí cuando se iba a dormir y también al despertar. Pero esta conversación con Bernarda empezaba a causarle cierto tambaleo en su interior. Desde que todo ocurrió nunca había hablado con alguien que viese su historia desde fuera o que le plantease otras preguntas. Cuando en su imaginación había elucubrado sobre la maternidad, nunca había tenido en cuenta las cuestiones que Bernarda le comentaba ahora.

—No sé qué tipo de madre habría sido —confesó para sí, aunque lo bastante alto para que Bernarda lo escuchara.

—Su deber, como lo fue el mío, hubiese sido sacar adelante a las hijas como fuera. Bien o mal, da igual. Hay que sacarlas. Y, una vez mayores, conseguir un buen mozo y una buena boda. Cumplir lo que se espera de una y punto. Yo lo aprendí desde bien pequeña. Tenemos una vida. No me enseñaron otra. Y para poner orden, bastón y mando. Como los hombres. Que nadie pueda hablar mal de ellas. Siguen siendo las hijas de Bernarda Alba. Su reputación es la mía. En la mujer, la mala reputación es una sentencia de muerte para siempre.

—Como la que yo tuve tras asesinar a mi marido. A mi hijo.

Bernarda la miró de soslayo, centrando después su visión en la espesura de las copas de los árboles. Miraba al cielo con el afán de escapar de allí o bien de que se la tragase la propia piedra. No podía sentenciar a Yerma. Era imposible.

—Por eso ordené luto eterno en mi casa tras la muerte de mi hija Adela. Todo el pueblo dijo que no la maté con un cuchillo, pero sí con las palabras y mis normas —miró hacia el suelo y estiró con fuerza la falda de su vestido—. El mundo no es para débiles.

Las dos permanecieron calladas unos segundos. Los suficientes como para que las palabras que acababan de pronunciar calaran muy hondo en su interior y comprendieran la plenitud de su alcance.

—¿Qué se siente al perder una hija? —lanzó Yerma—. Una persona de tu sangre, que has visto crecer, que has visto llorar...

—Calle. No me traiga recuerdos —ordenó Bernarda, sin devolverle la mirada y deshaciendo un nudo en su garganta—. A veces, entre las madres y las hijas hay algo que se rompe y no hay vuelta atrás. Igual que cuando se rompe la rama de un árbol nunca puede volver a su lugar.

—Cierto. Pero siempre quedan las raíces.

Poncia iba y venía de un lado a otro, pero la Criada permanecía en el comedor con las demás mujeres. Había llegado pidiendo, con mucho apuro y mil disculpas, si podía sumarse a escuchar el libro de Yerma, y Rosita la integró en el grupo como a una más. Estaba emocionada. De partir patatas y hervir agua, de obedecer a todo el mundo, incluida a la propia Poncia, había pasado a estar allí, en compañía de otras mujeres, dedicada a la lectura. Escuchaba atenta y, a pesar de no entender todo, disfrutaba de cada palabra y, sobre todo, de aquel sentimiento de unión que no había vivido nunca. Poncia irrumpió murmurando, en voz alta, pensamientos internos sobre Bernarda: «Ella, la más decente, la más limpia, la más alta... siempre igual...». Frenó en seco cuando se percató de que Bernarda y Yerma estaban en la entrada del comedor, prestando atención a la lectura del libro. Poncia tosió con fuerza y sacudió unas telas para que el resto se percatara de su presencia. «... Cuando paso por lo oscuro del cobertizo mis pasos me suenan a pasos de hombre...», acababa de leer Rosita, dando voz a la propia Yerma.

—Sí, eso digo ahí. Y podéis comprobarlo con vuestros propios ojos.

Acto seguido, Yerma cruzó el comedor con pasos muy marcados, que resonaron con una fuerza impetuosa contra el suelo, y tomó asiento en una silla frailera. Cuando levantó la vista, comprobó que todas las miradas descansaban en ella.

—¿Quiere limonada? —preguntó Poncia.

—No. Lo que quiero es que no lean más de lo que está en ese libro, y hablar con Federico García Lorca.

Rosita cerró el libro.

—¿Sabemos ya cuándo será o seguimos perdiendo el tiempo? —inquirió Bernarda mientras iba a sentarse junto a Yerma.

—Antes que a Federico, yo quiero ver a Adela —objetó Magdalena, levantándose de la silla—. ¿Cuánto tiempo nos queda?

Rosita señaló a la flor. Su color rojo ya había desaparecido. Daba paso a un tono rosado menos intenso, al igual que la fuerza del sol de la mañana menguaba hacia el atardecer mientras los pájaros revoloteaban más agitados en el jardín. La Conjuradora se acercó a la rosa y la miró con curiosidad.

—¿Está encantada?

—No exactamente —replicó Rosita, con rapidez—. Es una rosa *mutabile* del jardín de mi tío. No abundan. Y marca el paso del tiempo. Por la mañana está roja, luego es blanca y más tarde se deshoja. Cuando caiga el último pétalo todo habrá acabado.

—Quedan pocas horas, entonces —remarcó la Conjuradora—. Quieren hablar con muertos, ¿no es así?

Aquella frase sonó enigmática en sus labios. Rosita asintió con la cabeza antes de hablar.

—Yo he escrito a Federico García Lorca, nuestro autor, a la hermana de ellas, Adela, y también a otra protagonista que tampoco está. Quizás alguien pueda hablar por ella, se llama Mariana Pineda.

—¡Qué locura! ¡Vamos a perder la cabeza! ¿Por qué convoca a una condenada? ¡A una delincuente! —murmuró Bernarda, abriendo el abanico—. Vamos a ir todas a la cárcel.

—No es una locura. Quizás ellas, al no estar vivas, estén más cerca de conectar o de localizar a Federico que nosotras —replicó Rosita.

Yerma tosió antes de hablar.

—No pongáis mucha fe en Dolores si pensáis que puede conseguir algo. Yo me sometí a sus ruegos y hechizos y nada conseguí.

—Eso ocurrió porque no obedeciste. Quisiste romper las normas —respondió la Conjuradora, tajante y quejosa.

—Las mujeres que conectan con espíritus pueden atraer al mismísimo demonio —sentenció Bernarda.

—Soy una bruja, sí. Y orgullosa estoy de serlo —afirmó la Conjuradora—. Si alguien quiere que me vaya, me iré. Si alguien quiere delatarme y llevarme a la hoguera, iré. Igual que lo hicieron antes otras muchas brujas como yo. Las mujeres malas, dicen. Pero todo el mundo viene de rodillas a nosotras cuando la tierra les engulle sin escapatoria. La incertidumbre os da miedo, como ahora.

—No queremos que te vayas —imploró Rosita.

La Conjuradora se asomó a la ventana. Luego, caminó hacia la entrada de la casa y, de nuevo, regresó al comedor, donde se plantó frente a la mirada silenciosa de todas las mujeres de la sala. Controlaban sus movimientos, a la espera de que solucionara sus vidas.

—Desde que he puesto un pie en esta casa, he sentido que me atraviesa una extraña energía —confesó la Conjuradora en voz baja y pausada, a la vez que sus ojos vagaban de un lado a otro, como si contemplase una dimensión desconocida para las demás—. Estas paredes me devuelven algunas sonrisas de un pasado muy lejano, pero es mucho mayor la fuerza con la que me traen lágrimas, gritos, murmullos, miedo, angustia, temor y muerte. Aquí vagan quejidos de almas. Silencios rotundos. Mucho dolor. Se mezclan mundos. Percibo una energía que estaba llena de luz, pero que de golpe se volvió oscura y se apagó.

—Conjuradora... ¿tú puedes hablar o traer a alguien del más allá? Dime la verdad —preguntó Rosita, con cierto miedo. Escuchar una negativa quemaría todas sus ilusiones, pero le podía la inquietud que tenía agarrada al estómago. El tiempo apremiaba.

En la sala se hizo un silencio mudo y expectante. Todas mantenían posturas hieráticas, como si el más allá estuviese ya allí, cerca, rodeándolas y arrojando su aliento en sus nucas. Bernarda vigilaba desde su rincón, junto a una Yerma con la respiración agitada por el recuerdo de historias de su pasado, avivada por la mención de rezos y conjuros. En la mesa, Rosita expulsaba su miedo apretando el lomo del libro, Belisa jugaba con los encajes de su vestido, la Novia doblaba los dedos de sus manos y la Zapatera se negaba a pestañear para no perder detalle, mientras oprimía sus manos en el vaso de limonada. La Criada miraba a Rosita y a la Conjuradora, buscando una respuesta inmediata. La Poncia, de brazos cruzados, se mordía el labio con inquietud. Angustias, Martirio y Amelia mantenían su postura firme en el sofá, aunque por el rabillo del ojo alcanzaban a comprobar la actitud de su madre. Magdalena, de pie, descansaba su espalda contra la pared. Ella también respiraba de manera acelerada, pero de emoción. No tenía miedo, solo quería saber si existía una mínima posibilidad de ver a su hermana. Y María Josefa permanecía en el diván de la entrada, oculta a las demás, pero atenta y escuchando en un silencio rotundo.

—Este caso es extraño... —reconoció la Conjuradora—. Quería conectar con el más allá, pero me hallo con una dimensión desconocida para mí. Yo pertenezco al mundo de los libros. Estoy encerrada como vosotras entre unas páginas que limitan. Nosotras no somos completamente reales. Somos personajes que intentamos sobrevivir a nuestra historia. Vivimos, sí. Pero habitamos un espacio entre el mundo de los humanos vivos y el de los humanos muertos. En esa linde permanecemos, con las penas y los deseos, las angustias y las aspiraciones que los humanos no se atreven a hacer realidad. Por eso, antes de la muerte, crean otros mundos donde vivir por un tiempo en la piel de los personajes, y así comprender mejor sus anhelos. El mundo de los libros los salva.

Todas mantenían el pulso acelerado frente a ella. Había una opción. Una puerta que abrir. Había que enfrentarse a lo desconocido. La Conjuradora reconoció en voz alta que no sabía si podría contactar con Federico, un humano. Pero que ella, como personaje, quizás pudiera conectar con Adela o Mariana. Amelia preguntó si podrían contar con la presencia de su hermana. La Conjuradora encogió los hombros, dando a entender que ni ella misma lo sabía, pero prometió intentar hacer todo lo posible. Les pidió que le concedieran un tiempo para reflexionar y andar por la casa. Solicitó a todas que hicieran vida normal hasta la

llegada de la noche, cuando invocaría a las almas de las difuntas y ejecutaría un ritual para ayudarlas. Antes de que se alejara del grupo, María Josefa se acercó a ella y le preguntó al oído si podía casarla. La Conjuradora sonrió, nerviosa, y quiso saber con quién se casaba, a lo que la vieja respondió: «Con la luna». La senectud la acercaba, más que a ninguna otra, a la muerte y quizás, por ello, sentía que estaba cómoda con ella.

Dolores confesó que necesitaba localizar el foco de donde procedían aquellas energías tan extrañas. Poncia dio unas palmadas enérgicas y anunció a gritos que todo había terminado y que cada una buscara un quehacer. Junto a Criada, retiró algunos vasos y regresó a la cocina, mientras la Zapatera, Belisa, Amelia y la Novia caminaron hacia el jardín, en busca de aire, evasión y un rato de charla.

Bernarda y Yerma permanecieron dentro de la casa, cuchicheando en voz baja. Las tres hijas mayores de Bernarda hicieron lo mismo, sin moverse del sofá. Rosita caminó hasta el umbral de la puerta, interesada en saber hacia dónde iba la Conjuradora. La vio sentada al piano del salón, acariciando las teclas. Luego, se levantó con premura, como si una voz interna la guiara, y subió las escaleras de la casa. Rosita aguardó unos instantes y, con sigilo, ascendió a la planta superior. En los últimos escalones puso especial cuidado en que sus pasos no la delataran. La puerta de la habitación de Federico estaba entreabierta. Rosita se asomó por la rendija sigilosamente. Sentada en la cama, con los ojos cerrados, la Conjuradora mantenía una sonrisa de calma. Parecía haber encontrado de dónde emanaba aquella energía que percibía.

Para no molestar, Rosita abandonó el pasillo y entró en la sala dedicada al autor. Aquel lugar donde había permanecido horas leyendo sus cartas y observando sus fotografías. Lo buscó de nuevo en una de aquellas imágenes que había contemplado esa misma mañana, y el rostro que entonces le había resultado casi desconocido se le antojó ahora más cercano. Desvió la vista para leer el comienzo de la biografía que estaba escrita en un panel: Federico García Lorca (5 de junio de 1898-18 de agosto de 1936). Fijó su mirada en la última fecha, 18 de agosto. Iban en su busca, años después, en la misma noche en la que Federico fue forzado a despedirse de la vida.

Casi por instinto, caminó hacia la puerta que daba a la terraza superior. La abrió y tomó una bocanada de aire, que ya era más fresco con el avance de las horas. Rosita avanzó y se apoyó en la barandilla. Desde aquella altura pudo contemplar cómo el sol descendía, algo más próximo al ocaso, cómo los pájaros acudían en ruidosos grupos a buscar su zona de refugio para la noche y cómo todas habían convertido aquel jardín en un espacio propio. No sabía con certeza de qué manera, pero esa casa ya era diferente. Belisa enseñaba también a la Criada a leer. Poncia y Yerma se entretenían en doblar telas tendidas al sol sobre la parra. Magdalena peinaba a Angustias, y Martirio y Amelia esperaban en cola, mientras se deshacían sus moños tirantes y se daban pequeños empujones reclamando su turno. Bernarda iba tras María Josefa y hablaba a ratos con ella. La Zapatera recordaba algunos bailes andaluces con la Novia, que, aunque reticente al principio, empezó a mover los pies, mientras se dibujaba en su cara una suave sonrisa provocada por los buenos recuerdos.

Desde lo alto, Rosita ya se daba por recompensada. Quizás no consiguieran que viniera Federico, pero ahora supo que, sin ser conscientes de ello, habían logrado algo que nunca sospechó. No solo habían roto los muros de sus casas, de sus libros y de sus páginas. Habían derribado los muros entre ellas mismas.

LA ROSA BLANCA

Desde el exterior, Rosita comprobó a través de la ventana que la rosa de la mesa ya mostraba sus pétalos de un intenso color blanco. Atrás había quedado el tiempo del rojo y del rosa. Se angustió. Por una parte, desconocía si Federico regresaría, y aquel era un sueño en el que todas tenían puestas sus mayores expectativas. De no cumplirse, sería un motivo eterno de desesperanza cuando tuvieran que volver a sus vidas dictadas, y la responsable de aquella reunión y de la primera carta era ella. Por otra, le apenaba la idea de abandonar aquel lugar que, para ella, era lo más parecido a la libertad que había experimentado nunca.

Recordó haber leído que, a veces, las personas se resistían a marcharse de ciertos sitios, ya fuera por la felicidad que en ellos habían experimentado, por los momentos allí vividos o por el placer de sentir el tiempo casi detenerse. Dedujo que a ella le pasaba algo parecido, aunque solo fuera un personaje. Intentó animarse, pensando que mejor era haber vivido aquella experiencia que haber permanecido en aquellas páginas con su historia confinada de forma perpetua. Sabía que no podría dejar de sentir añoranza por un encuentro tan inimaginable como el de ese día. Romper los moldes de lo ordenado y previsto, y tomar sus propias decisiones la habían fortalecido como ninguna otra experiencia. Así pues, tomó la determinación de no angustiarse más; al fin y al cabo, los pétalos seguían prendidos al cáliz de la flor. Y eso significaba que todavía quedaban algunas horas de esperanza por delante.

Se alejó de la ventana para acercarse al jardín principal donde las demás formaban, en ese momento, un medio círculo, algo irregular, en torno a la hechicera. De los dos bancos que había frente a la entrada de la casa, Novia, Yerma y la Zapatera ocuparon el de la derecha, mientras que las hijas de Bernarda hacían otro tanto en las sillas del comedor que habían sacado al exterior. Belisa permanecía sentada en las raíces de un árbol próximo. Solo faltaban en la escena Poncia, Criada y Bernarda, que estaban en la cocina calentando agua. Dolores la necesitaba para la caldera donde realizaría los diferentes conjuros. Antes había dedicado su tiempo a buscar hierbas por el jardín y a pasar unos minutos con cada una de las mujeres en privado. Las había cogido de las manos con los ojos cerrados durante unos segundos y, luego, tras depositar las palmas de las manos sobre sus cabezas y aguardar unos instantes, Dolores había tirado de uno de sus cabellos, provocando en más de una un levísimo quejido. Finalmente, las había dejado marchar, no sin antes anotar en un papel el nombre de la hierba que representaba cada una de ellas.

Ahora, la Conjuradora era vigilada por todas mientras extendía las plantas recolectadas por el jardín, en zonas más oscuras como los márgenes de los muros. De otras guardaba algunos restos en unos pequeños saquitos de tela que colgaban de su bastón: el beleño negro, la mandrágora, la belladona, el estramonio, la valeriana, la verbena o la cicuta. Belisa, incapaz de contener su curiosidad, se acercó a tocar una planta, a lo que la Conjuradora reaccionó golpeándole el dorso de la mano.

—Os he dicho que no las toquéis. Son muy tóxicas. Mis manos están ya ásperas y acostumbradas a su uso, las vuestras no.

Belisa miró a todas, que mantenían un tenso silencio bajo el cielo ya casi azul marino.

La mayoría de los pájaros guardaban ya sus sonidos y la naturaleza parecía haberse ralentizado. Las estrellas que se empezaban a adivinar en el cielo brillaban, a lo lejos, de forma tenue.

—Nosotras nos pasamos el día bordando con hilos, pero tú sabes muchas cosas... ¿cómo identificas todas estas hierbas? —se interesó Amelia.

—Es un conocimiento que compartimos todas las hechiceras y las brujas. Compartir es la clave de todo.

—Pero ¿cómo?

—En reuniones clandestinas. Siempre hemos estado perseguidas. Mientras la inmensa mayoría de las mujeres eran apartadas del saber alrededor del mundo, nosotras supimos confiarnos los mayores secretos y guardar con recelo nuestro aprendizaje. Como personajes, nos hemos ido pasando de una a otra toda esta sabiduría a través de los libros y a lo largo de toda la historia de la literatura.

—¿Y quién fue la que más te enseñó?

—La Celestina, la mejor maestra.

—Me suena mucho ese nombre —apostilló Martirio—. Madre guarda ese libro bajo llave.

—Porque vuestra madre os priva de la pasión. Narra un amor entre Calisto y Melibea, bajo los hechizos de la propia Celestina. Pero en fin... Celestina lo sabía todo porque viajó por medio mundo. También nos habló de la cantidad de humanas que se jugaron su vida por defender este conocimiento.

—¡Yo quiero ser bruja y volar y danzar junto al fuego!

El grito de María Josefa se escuchó a unos metros, aunque no pudieron identificar dónde estaba la anciana.

—Yo conocí a una bruja —comentó la Zapatera—. Venía a nuestra taberna algunas veces.

—¿Le pediste algo alguna vez? —preguntó la Novia.

—No, para nada, ¡quita, quita! No quiero saber el futuro, me da mucho miedo; igual que el mundo de los muertos.

—A mí me dan más miedo los vivos —respondió la joven—. A mis muertos yo solo quiero abrazarlos y sé que no me harán daño. Los vivos son capaces de matarte con palabras.

La Conjuradora arrancó hojas y semillas de algunas de las plantas y empezó a frotarlas entre sus manos, desmenuzándolas hasta casi hacerlas polvo. Mientras, mantenía una sonrisa de satisfacción, porque desde que se dedicó a acompañar a Yerma apenas había podido hacer nuevos conjuros. Como en un pacto tácito con ella, se prometió no abandonar a Yerma y ayudarla, si era posible, a que su mente recobrara la sensatez y la joven consiguiera estar en paz consigo misma. Aun así, siempre le decía a Yerma que su problema no se resolvía con pócimas ni ungüentos, sino que la solución estaba en su propia mente. Tanta conexión había entre ellas que Yerma tuvo la certeza de qué ocupaba la mente de la Conjuradora en ese momento. Recordaba con exactitud aquel amanecer en que le juró que sus oraciones la ayudarían a tener un hijo. Aquel pensamiento se difuminó cuando la Conjuradora pasó por delante de ella cargada de leña para hacer una hoguera. La Novia y la Zapatera se acercaron a ayudarla. Ellas, que en su aislamiento habían tenido que buscarse la vida en muchas ocasiones, sabían apañárselas y habían aprendido a encender un fuego por sí mismas. Con la ayuda de una navaja, la Zapatera empezó a afilar las puntas de unas ramas, la Novia hizo una especie de arco con una rama curva, y Dolores dispuso unas hierbas finas sobre ellas.

—Yo nunca había conocido a una bruja, pero mi tío sí que hablaba bastante sobre ellas porque decía que sabían mucho de plantas —confesó Rosita.

—¿Y qué más contaba tu tío? —preguntó Dolores, con curiosidad.

—Que os reuníais en aquelarres de noche para invocar y pactar con espíritus maléficos o satánicos.

A Dolores se le escapó un suspiro y la miró con una sonrisa cargada de estoicismo mientras friccionaba sin parar dos palos que tenía en las manos.

—Siempre igual. Las brujas... las mujeres malas. Pero luego bien que todos llaman a las hechiceras para convocar malos espíritus contra sus enemigos, o en busca de remedios y curas para el amor o la salud. Siempre hemos sido las acosadas que todo el mundo buscaba, atraídos por el saber y lo desconocido, o por poder controlar lo incontrolable de sus días. Y con esto no quiero ofender a tu tío, Rosita. Pero solo porque éramos mujeres con sabiduría, que nunca estuvimos dispuestas a ceder, fuimos perseguidas y asesinadas.

—Yo doy fe de ello... La de ocasiones que en la taberna se ha llamado a las conjuradoras en busca de pócimas y ungüentos secretos para cumplir sus sueños —apostilló la Zapatera.

En ese instante, de entre las manos de cada una de ellas tres, se elevó una fina viruta de humo que pronto adquirió un tono anaranjado. De golpe, tres fogatas surgieron ante los ojos de todas, iluminando sus rostros casi ocultos ya en la noche y aportando mayor solemnidad al espacio oscurecido. La piel de todas se erizó, y Angustias se llevó la mano hacia su crucifijo, lo besó y se persignó. Dolores buscó sus ojos tras la fogata.

—Tranquila. Tu fe está a salvo.

Angustias se removió en su silla, incómoda por la observación y porque sentía que tenía que justificarse.

—A madre no le gustan las brujas, siempre ha dicho que no sois mujeres de orden sino viejas rebeldes echadas a patadas por el pueblo, como todas las que se ocultaron en las Alpujarras.

Dolores no pudo reprimir una sonrisa ante aquel discurso que tantas veces había escuchado y que siempre acertaba a despertar tantos recuerdos de su infancia.

—De eso que dice Bernarda solo es cierto el final. Bien que la Iglesia cristiana nos dejaba estar en las romerías. Soportújar es aún el pueblo de las leyendas de las hechiceras. Yo he corrido por las montañas, perseguida, en cientos de ocasiones. Me he refugiado en nuestras cuevas secretas, bajo los claros de la luna llena y el canto de las lechuzas. Nunca me dieron caza.

—¿Por qué siempre os persiguieron? También había hechiceros...

—Porque nuestra historia siempre ha sido diferente a la de los hombres: mientras que a nosotras se nos estigmatizaba, a ellos se les colmaba de reconocimiento. Las mujeres éramos brujas, pero a ellos los consideraban médicos o curanderos, cuando en realidad muchos aprendían de nosotras. Hubo un tiempo en que se decidió que las mujeres teníamos que estar al margen del saber y dedicarnos solo a cuidar y al hogar. Nosotras nos rebelamos. No nos sometimos a la norma ni al deber y por ello fuimos calumniadas y torturadas alrededor de todo el mundo. Quisieron aleccionarnos, pero no pudieron con todas. Aquí estamos las que quedamos: las nietas de las brujas que no pudieron quemar.

—Pero atraéis a los malos espíritus... por eso os persiguen —puntualizó Martirio.

—¿Nosotras? —la Conjuradora lanzó una carcajada—. Los malos espíritus residen en los hombres de oscuro corazón. No fuimos nosotras quienes inventamos a Satán sino la Iglesia; no fuimos nosotras las que creamos el desamor ni el odio ni el rencor ni las guerras. Todo fue producto del hombre. Lo más terrible es que nos hicieron asumir sus errores como propios. Fuimos condenadas sin juicio, acusadas de obrar maleficios que solo eran enfermedades, como la peste y otras epidemias imposibles de controlar en un pueblo muerto de hambre y sin medicinas ni brebajes. Fuimos señaladas de peligrosas solo porque traíamos sabiduría al pueblo inculto. Se impuso sobre nosotras un manto de mentiras para que nadie descubriese que su única verdad era la mezquindad y la maldad. Y si crees que miento, que me corten la lengua o se me llene la boca de hormigas ahora mismo.

Se hizo un profundo silencio que solo rompían el crepitar del fuego, el ulular de algún que otro búho o lechuza y el susurro del follaje en las copas de los árboles agitadas por una suave brisa. Aquello era un terreno desconocido para todas y sabían que, si querían alcanzar su fin, tenían que dejarse guiar por Dolores. Solo ella sabía qué hacer. Rosita se sentía atrapada por aquella atmósfera, por aquellas leyendas de brujas y por la posibilidad de que ella pudiera cambiar, en verdad, su vida.

—Quizás sea una pregunta inapropiada, pero ¿por qué hacéis siempre hogueras? ¿Conseguimos algo con ello? Temo que puedan vernos —dudó Rosita.

—No hay otra manera de iluminar el mundo de los espíritus ni otra forma de señalar a los muertos el camino para llegar hasta nosotras —respondió Dolores—. El fuego, el aire, la tierra y el agua son nuestros secretos para casi todo. Lo es la naturaleza al completo, en fin, porque a veces los muertos reviven en animales, árboles y flores incluso. Las plumas de mochuelo, los picos de cuervo, las patas de gallo, la crin del caballo o su herradura, el colmillo de elefante... todo nos sirve. Y el fuego, entre nosotras, también tiene un valor, y es el de quemar los pensamientos que nos duelen. Echar tierra sobre ellos primero, quemarlos, que el aire los arrastre y que el agua nos limpie. Ese es el camino.

La Poncia sacudía el soplillo de esparto para avivar el fuego y la Criada arrojaba dentro de una olla el agua que iban hirviendo en pequeños cazos de cobre. Habían pactado con Dolores que, para ganar tiempo, ellas calentarían agua mientras se creaba la hoguera. Eran conscientes de que se lo jugaban todo esa noche.

Bernarda, sentada en una de las sillas de enea, no les quitaba ojo desde la mesa de la cocina. Firme, pero inquieta. Agitaba con fuerza su abanico en una habitación que se había caldeado por momentos. Ella, que lo tenía siempre todo bajo control, no podía comprender cómo había podido perderlo por completo. La Criada volcó el último cubo de agua que quedaba por hervir.

—¡Señora! —lanzó la Poncia con socarronería, mientras se secaba la frente con un pañuelo que se guardó por el escote—. Tendré que usar este soplillo para abanicarme. Me caen las gotas de sudor del agua que hierve y de este vaho pegado a los cristales, en pleno verano... y usted resiste ahí sentada, sin inmutarse ni que la lleven los demonios.

—¡Calla, víbora! No llames tú también al maligno, como está haciendo esa bruja. Creo que os ha poseído a todas sin que os deis cuenta. ¡No entiendo cómo os habéis dejado engañar!

La Poncia se giró de la hornilla hacia ella y la miró, condenatoria, dispuesta a soltar por su boca sus propias verdades, aunque fueran molestas.

—Bernarda, que nos conocemos, no me sea falsa. Que usted misma me ha hecho ir en busca de brujas tras la muerte de Adela, para controlar todos los chismorreos y saber si el alma de su difunta hija vendría un día a su dormitorio a ajustar cuentas. ¡Salga ahí fuera!

—No insistas, Poncia, la señora tiene miedo. Ni siquiera fue capaz de llorar ni de despedirse de su hija difunta —apostilló la Criada.

—¡Cállate tú también! ¡No tengo miedo ni de la muerte y no hay nada peor sobre la Tierra! Calla y dedícate a lo tuyo. ¡La cena es lo que me tendrías que estar haciendo! Estoy ya cansada de no poder llevarme a la boca otra cosa que estas naranjas —respondió Bernarda mientras golpeaba uno de los frutos con la punta del abanico, haciéndolo rodar por la mesa—. ¿Qué referencias tenéis de esa bruja?

—¿Otra vez? Si lo ha preguntado ya cinco veces, señora. Es una de las mejores hechiceras de la zona. Vive en una de las cuevas de Guadix —espetó la Poncia, quejosa—. Y ahora nos perdona, pero no tenemos toda la noche. Y aunque usted no quiera, voy a hacer todo lo posible para ver a Adela y a Federico.

La Poncia le hizo un gesto a la Criada y, entre las dos, levantándose las capas de las faldas y aprovechando esas telas para proteger sus manos, rodearon las asas de la caldera de agua hirviendo y salieron al jardín. Bernarda se incorporó tras ellas y avanzó unos pasos hasta el rellano de la entrada. Observó cómo Poncia y Criada colocaban la caldera sobre una de las hogueras. Los otros dos fuegos servirían para el ritual y para dar algo de calor a sus cuerpos. A pesar de la asfixia del día, la llegada de la noche había traído algo de fresco de la montaña de Sierra Nevada. Después del calor intenso de la cocina, Bernarda sintió un escalofrío al salir, aunque no sabía si su piel se erizaba por el cambio de temperatura, por la pérdida de control y porque aquella escena tenebrosa le generaba miedo. La incertidumbre la ataba al suelo, y permaneció al fondo de la escena, en la puerta de la casa, vigilante, pero con la mente ida... pensando ya en qué le diría a su hija difunta si volvía del más allá.

Belisa y Rosita se cambiaron al banco de la izquierda de la entrada para estar más cerca de Dolores. La Zapatera permanecía al lado de la Novia y, algo más separada de ellas, Yerma. Detrás, juntas y sentadas en unas sillas del comedor, Angustias y Martirio, quienes giraban de vez en cuando su rostro hacia Bernarda, que permanecía sentada en una silla de la cocina en el umbral de la puerta verde. Mantenía sus manos agarradas con fuerza al bastón. Amelia y Magdalena decidieron apartarse y cambiaron sus asientos por unas piedras grandes que había próximas a los árboles. Las dos contemplaban la escena como lo más emocionante que habían vivido nunca. Amelia miraba el cielo sin pestañear. Recluida en las paredes de su habitación no era consciente de la inmensidad de aquella bóveda negra cargada de puntos de luces de la que apenas veía siempre un espacio minúsculo desde su ventana con rejas.

—Dicen que las brujas vuelan en escobas... ¿Tú has volado hacia las estrellas, Dolores? —preguntó Amelia, con total inocencia.

La Conjuradora, acostumbrada ya a esa clase de preguntas, sonrió antes de responder.

—Imposible. Las estrellas están a miles y miles de kilómetros. Y, además, nosotras somos solo personajes. Contemplar un cielo real como este, y no el que prepararon para nosotras en nuestros libros, es un privilegio. Y más en este día, cuando se llenará de estrellas fugaces. Por estas fechas brotan y brillan en el cielo como las lágrimas de San Lorenzo, y podréis pedir deseos si las veis pasar.

Todas elevaron la mirada hacia la cúpula de estrellas, esperando que entre ellas apareciera alguna que cumpliera sus anhelos.

—Pues si no se puede con una escoba, habrá que idear otra forma de alcanzarlas. Me encantaría viajar hasta las estrellas. Algo tiene que haber ahí —insistió Amelia, ilusionada.

Angustias y Martirio se rieron de ella a carcajadas.

—¡No digas tonterías, Amelia! —espetó Bernarda con inquina, desde lejos—. ¡Y vosotras, callad! Cuanto antes terminemos esta farsa, mejor para todas.

—Pues no le queda nada, señora —lanzó Poncia, mientras la Zapatera les hacía a ella y a la Criada un hueco en su banco.

—¡Angustias, Martirio, Amelia y Magdalena! Venid aquí a hacer nuestras oraciones —ordenó Bernarda—. Que al menos nuestras almas se salven esta noche. Y Poncia, tráeme algo caliente para beberlo cuando termine el rezo.

Angustias y Martirio obedecieron de inmediato. Arrastraron sus sillas y se situaron al lado de su madre. Amelia y Magdalena accedieron por obligación. En unos segundos, el sonido de la naturaleza se quebró con el sonido de sus voces, un murmullo de letanías y plegarias. Dolores, que observaba la escena desde la hoguera, se cercioró de que Bernarda rezaba con los ojos cerrados y, a continuación, hizo una señal a Poncia para que se acercara cuando esta se levantaba ya para ir a la cocina. La hechicera tiró de su mano, depositó en ella un saquito pequeño y le susurró algo al oído, a lo que la sirvienta contestó con un fugaz gesto de asentimiento.

Cuando la Poncia se hubo marchado, la Conjuradora siguió removiendo su caldera, donde iba añadiendo distintas hierbas del jardín mientras vigilaba y reparaba en cada una de las presentes para intuir sus energías. Contaba con un cabello de cada una de ellas, que guardaba, junto con las hierbas correspondientes, en unos saquitos que llevaba anudados a la cintura. Esa tarde, al imponer las manos sobre sus cabezas, había apreciado en todas ellas un dolor profundo, fruto de las injusticias que habían vivido y que, en cada una, brotó plasmado en un sentimiento diferente. En Yerma percibió la rabia hacia sí misma. En la

Novia, el oprobio. En Rosita, la decepción y la soledad. En Belisa, la afrenta. En Bernarda, cólera. En sus hijas, angustia y opresión. En la Zapatera, ambigüedad.

La Poncia apareció con una taza de infusión en la mano. Dio un pequeño golpe en el hombro de Bernarda para entregársela. Esta paró el rezo mientras sus hijas seguían con las oraciones en voz alta. Bernarda sujetó la taza caliente que le entregaba y bebió. Poncia avanzó hasta el fuego, situándose de nuevo al lado de la caldera. Las oraciones de Bernarda y sus hijas sonaban más altas junto al crepitar de la hoguera, en la que todas centraban su vista de forma enigmática.

De pronto, se escuchó la taza de Bernarda caer al suelo. El ruido sacó a todas de su ensimismamiento en aquella danza del fuego y, aturdidas, se giraron hacia la puerta de la casa, donde las hijas ya gritaban con preocupación: «¡madre!, ¡madre!». Bernarda yacía desmayada contra el respaldo de la silla, y las hijas, al ver que no reaccionaba, se volvieron de inmediato hacia la Poncia y la Curandera con miradas acusadoras.

Dolores siguió removiendo la preparación con parsimonia y, sin alterarse, las miró de soslayo.

—Hermanas, venid... —ordenó—. No os preocupéis, son solo unas hierbas para que vuestra madre duerma durante un rato o no podremos avanzar.

La Poncia se acercó a Bernarda sin inquietarse. Le colocó su mano caída sobre el regazo, recogió la taza y se acercó al oído de su ama, que dormía profundamente.

—Señora, ¡duerma usted que cuando abra los ojos no va a reconocer ni a sus hijas ni a la madre que la parió!

La Criada, la Zapatera y la Novia soltaron unas sonrisas leves ante aquella expresión. Su actitud relajada contrastaba con la preocupación que Angustias y Martirio experimentaban en ese momento. Era ese aturdimiento que provoca el tener que decidir por iniciativa propia. Por primera vez no tendrían órdenes que acatar, pero les podía la inquietud de no saber vivir así. Amelia y Magdalena se acercaron para hablar con ellas y convencerlas de que se unieran a las demás. Finalmente, Angustias y Martirio cogieron sus sillas y, sin dejar de echar miradas hacia su madre, se acercaron al grupo de mujeres. Dolores les sonrió con dulzura, por si aquel gesto las ayudaba a relajar su agitada respiración.

—¿Qué nos vas a hacer, bruja? —balbuceó Martirio.

—Depende de cómo os sintáis vosotras. ¿Qué es lo que más os pesa de todo lo que habéis padecido? Lo pregunto a todas, en general.

Cada una, pensando por sí misma, tenía un cúmulo de sensaciones en su corazón y en su garganta. Aunque no lo manifestaran, Dolores intuía esas energías de rabia, desconsuelo y pesadumbre en ellas. Yerma nombró en voz alta su sensación: «la culpa». La Novia levantó la voz para decir lo mismo. Y después, «el no poder gritar», «el no ser libre...». «Culpa y silencio», «culpa y silencio» fueron repitiendo todas, reconociéndose.

—¿Que sintamos todas lo mismo es casualidad? —dudó Belisa.

Dolores negó con la cabeza.

—¿Y tiene cura? —preguntó Rosita, con inquietud—. ¿Esas hierbas tienen la solución?

—La solución está en vosotras. Si cada una no se encuentra a sí misma, cómo vais a encontrar a Federico... Tenéis que echar fuera toda esa carga de angustia, silencio y culpa. Necesitáis un ritual de perdón y liberación.

Se miraron unas a otras, inquietas pero expectantes, sin saber qué significaban aquellas palabras con exactitud.

—¿Y si no funciona? —interrogó Belisa a Dolores.

—Funcionará. Porque el mayor poder reside en que vuestras bocas expulsen vuestros secretos más ocultos. Que os quitéis esas mordazas invisibles y soltéis todo lo que calláis. No os asustéis por mis conjuros o ritos. El silencio es el único veneno que nos come por dentro. Cuando se acumula, termina estallando en un trueno que parte todo en dos. Una vez rompamos el silencio impuesto no habrá marcha atrás. La lluvia limpiará vuestro interior. Y ya seréis libres.

La Conjuradora abrió el saco de hierbas y cabello que pertenecía a Yerma. Lo volcó en la caldera, acompañado de un puñado de tierra. Removió con su

bastón, y del interior se elevó una nube de humo y polvo. Tras un soplo suave de Dolores, que manejaba aquella niebla como por arte de magia, la nube de humo se dirigió hacia Yerma adoptando diferentes formas. Repitió los mismos pasos con los saquitos de Belisa y Rosita. La Conjuradora, con un soplido, repetía el mismo proceso y cada nube iba hacia su destinataria. Cada una era de un color intenso diferente, que contrastaba con el negro de la noche.

Tras ello, hizo lo mismo con el resto de los sacos. Cuando cada nube alcanzaba a su dueña, esta identificaba de inmediato un aroma de su niñez que la transportaba en el tiempo a cuando conocía la alegría. Yerma reconoció el olor fresco del nacimiento de un río. Rosita, la fragancia de las rosas blancas de su tío. La Poncia, la terrosidad de los tomates recién arrancados. Belisa, el exotismo del primer perfume de su madre. La Zapatera, el dulzor de la miel. La Criada percibió el intenso olor tostado del caramelo. Angustias olió las magdalenas de Bernarda. Martirio, el incienso de la iglesia. Y Amelia, el aroma puro y limpio de las pompas de jabón. En la mente de cada una irrumpió de golpe un recuerdo de la infancia que tomó forma en sus retinas, de manera que pudieron contemplar ese instante y sentir en su piel la misma dicha que entonces. Así fueron comprobando, una a una, que su

amargura e infelicidad no se debían a su carácter sino a todas aquellas situaciones que, por ser mujeres, les hicieron cambiar su alegría innata por una mirada perdida, un ahogo constante, una angustia intermitente y un recuerdo lejano de lo que fueron. Si antes de todo aquello habían sido felices, ahora tenían la certeza de que podrían serlo de nuevo. Y es que, los personajes, aunque el autor no lo detalle, también tienen su pasado. Y esos recuerdos que los definen y los conforman están ahí, a la espera de ser capturados.

—Yo fui feliz, ahora lo sé —dijo Yerma emocionada, mirando a Dolores, que asintió con una sonrisa—. Dejé de serlo por Juan, ¿verdad?

—Yo también acabo de comprobarlo: fui feliz. No sabía que podía serlo tras el suicidio de don Perlimplín —admitió Belisa.

—¿Lo querías? —le preguntó Yerma.

—No lo sé, porque nunca supe quién fue él realmente. Nunca averigüé si el verdadero era el hombre mayor con el que me casé y del que no sentía atención, o aquel personaje que interpretaba bellas palabras que despertaban ilusión en mí. —Sostuvo la mirada de Yerma y le lanzó la misma pregunta—. ¿Y tú? ¿Querías a Juan?

Yerma se movió incómoda. Encogió las piernas contra su pecho y observó que la mirada de Dolores se cernía sobre ella. Después de tantos años, podía adivinar su intención. Sabía que, con sus ojos, la invitaba a abrirse y a soltar lo que tenía dentro. Notaba que las palabras se le agolpaban en un nudo en la garganta que le ataba el corazón y la boca del estómago y que, de alguna forma, tenía que desenredarlo ella misma. No sabía por qué, pero aun ya lejos de Juan, sentía una opresión en el pecho, una angustia o una sensación a la que no llegaba a poner palabras.

—¿Cómo querer a Juan si cambió mi carácter? Ahora veo que se apoderó de mi felicidad y la machacó en pequeños trocitos, hasta hacer de ella polvo. A Juan me lo dio mi madre y yo acepté. No justifico con ello lo que hice, pero sé que él creó en mí la culpa de la maternidad. Creo que no pude llegar a quererle porque él no me quiso nunca de verdad.

—¿Y cómo sabes con tanta certeza que no te quiso? —dudó la Zapatera.

—Ahora sé que no quiere quien no te respeta, ni te valora, ni dedica un minuto a pensar en ti, ni en cómo estás. ¿El tuyo te dio todo eso?

—Sí, eso creo..., pero es cierto que nos llevamos como el perro y el gato y que yo, a veces, a mi Zapatero lo trato como si fuera mi propio padre, porque es bastante mayor que yo. Y entonces me siento algo mal, porque tampoco lo elegí, sino que acepté. ¿Te llegó a gustar algún otro hombre también? —preguntó a Yerma, que asintió, consiguiendo que se sintiera menos sola con aquella confesión.

—Estaba Juan, pero él nunca me hizo sentir tan viva como lo hacía Víctor. Él se preocupaba por mí, me sonreía, me consideraba y me hacía más fuerte de lo que ya lo soy. La de veces que quise atarme de su mano y escapar con él. Pero con Juan... con él no podía salir de casa, así que me pasaba las horas sola con mis pensamientos, dándole vueltas y más vueltas a mi obsesión. Él decía que las calles eran para gente desocupada.

—A mí también me encantaba abandonar las cuatro paredes de casa sin dar explicaciones —añadió Belisa.

—Pero las calles no nos pertenecen nunca —apostilló Rosita—. Yo, la mayoría de las veces tenía que salir con ama. No se veía bien que una mujer soltera anduviese sola por la ciudad.

—Ni soltera ni casada —replicó Yerma—. Yo, encerrada, solo quería escapar y hacer como cuando era soltera. Correr detrás de las colinas, subirme a los árboles y bañarme en el río. Yo vivía sometida a él. No le causé ofensa alguna, ¿cómo iba a hacerlo si no podía hablar con nadie? Un día le dije: «Hablar con la gente no es pecado». Y él me respondió: «Las ovejas en el redil, y las mujeres en sus casas. Cuando te den conversación cierra la boca y piensa que eres una mujer casada».

Yerma soltaba todas aquellas frases por primera vez. Se frotó la cara con las manos y se removió el cabello, como si quisiera sacudirse la voz interior de Juan, que volvía a rebrotar.

—Mi novio no era así —manifestó la Novia, con algo de pudor—, pero sé que, con él, mi vida no habría sido muy distinta de la que cuentas. Y no lo digo porque él no me quisiera, pero es que más que quererme como el pájaro libre que yo era, me trataba como una posesión a la que abrazar y encerrar. Leonardo, en cambio, me impregnaba de una libertad como la de mi niñez. Fui arrastrada hasta aquel altar.

La joven se tragó el nudo que tenía en la garganta, y Yerma se levantó para sostenerle la mano.

—Al menos fuiste feliz un día —Yerma continuó devolviendo la mirada hacia el fuego—. Nunca olvidaré el día que Juan me dijo: «Debería obligarte, encerrarte, que para eso soy tu marido». Yo me callé. No sé por qué, pero me daba miedo hablar por si su siguiente palabra o grito era peor. De no estar mi ánimo ya destruido por él, le hubiese respondido que yo ya estaba encerrada, pero no mi mente, que era lo que él quería dominar. No podía poner un cerrojo a lo que sentía. Ojalá en ese momento hubiese podido gritar: «¡Yo soy libre de ti! ¡Me voy con Víctor! ¡O me voy sola!». Pero no lo era, no lo era. Y nunca podré serlo porque mi historia está atada a la suya.

—Creo que yo tuve suerte —valoró la Zapatera—. Al menos, cuando me casaron, me dijeron que mi Zapatero era bueno...

—Del mío también —dijo con una mueca grotesca, Yerma—. Antes y después. Todo el mundo dice que Juan era bueno, pero nadie convivía con él entre aquellas cuatro paredes ni compartía lecho, salvo yo —sostuvo, con la voz entrecortada y reteniendo en los ojos la emoción—. ¿Qué era ser bueno a los ojos de los demás? ¿Cubrirme sin placer ni ganas? ¿Traer dineros? ¿Hablar a la pared yo sola? ¿Tratarme como a una propiedad? ¡Nunca fui satisfecha de nada como mujer! ¡Ni siquiera como madre! Mi conducta, decía Juan, hacía hablar al pueblo. Pero nadie pensaba en la conducta de él hacia mí. No soportaba la resignación de Juan. «Si sigo así, acabaré volviéndome mala», le dije. Quizás una palabra de comprensión, de afecto o de consuelo me hubiese salvado. ¡O quizás ser hombre!

—¡A casi todas nos hubiese salvado ser hombres! —imploró Dolores.

—Recuerdo a una muchacha con la que coincidía y que me decía que toda la gente está metida dentro de sus casas haciendo lo que no le gusta. A ella no le gustaba lavar ni guisar..., y yo sabía que era mi obligación, pero ahora sé que... ¡tampoco me gusta! —exclamó Yerma, con una risa nerviosa y entrecortada.

—¡Pues imagina nosotras! —lanzó Poncia, que asentía con ganas.

—Si yo hubiese sido mi primo, nadie se habría reído de mí llamándome el Solterón —confesó Rosita, uniéndose a la conversación.

—Ni a mí me hubiesen señalado como hombre desleal e infiel, porque ellos podían serlo —admitió Belisa.

—Entonces, ¿vosotras me entendéis? —preguntó Yerma con emoción a las dos compañeras, que aprobaban con la cabeza—. Ya le dije a Juan que los hombres tienen otra vida. Los ganados, los árboles, las conversaciones..., pero las mujeres no tenemos más que el cuidado de las crías. ¿Cómo no pensar en mi maternidad, si era lo único que esperaban de mí? Insisto. ¿Vosotras me entendéis? Porque no ser libres es no ser. Igual que un pájaro que no canta, o un río sin agua o un árbol sin hojas.

Todas asentían con una sensación extraña de explosión en el pecho. Su soledad se desvanecía por momentos. Hablar de todos aquellos recuerdos las liberaba cada vez más, aunque Dolores sabía que aún quedaban cuestiones por escupir. Lanzó un nuevo saquito de hierbas a la caldera y un humo blanco brotó con tanta fuerza que la Conjuradora, solo con sus manos, lo impulsó hacia la luna que las acompañaba como testigo de la noche.

El tiempo parecía haberse paralizado, a pesar de que la rosa y sus pétalos avanzaban. Sin darse cuenta, todas se habían ido acercando las unas a las otras. Sus palabras disminuían cada vez más la lejanía y el temor se desvanecía con pausa. Estaban más próximas a la hoguera y a la Conjuradora, que intuía en ellas unas energías menos tenebrosas, pero todavía cargadas de resentimiento hacia sí mismas. Yerma era la más liberada de todas, y la amplitud de su nueva alma ya se adivinaba en su rostro, más suave y menos doloroso. Y eso, a pesar de que el sufrimiento no se alivia en cuestión de horas. La joven reparó en las estrellas y luego en la cara de Rosita. Recordó que apenas unas horas antes se había resistido a hablar con ella. Ahora, sin embargo, sentía una complicidad y hermandad cercanas. No entendía cómo, a pesar de su dolor, podía el corazón de Rosita albergar aún tanta bondad. Se lo preguntó y la otra no supo responder. Se limitó a encogerse de hombros.

—Pero, Rosita —terció Belisa—, tú sabes bien que desde que llegamos eres la humanidad de esta casa y la sonrisa.

—Sonríe porque ella nunca sufrió como nosotras —replicó Angustias.

—Que haga el esfuerzo de sonreír para no preocupar a mi familia no significa que no esté rota por dentro —confesó Rosita, cambiando su gesto—. ¿Qué es el silencio como respuesta, salvo dolor? ¿Qué es dar esperanzas y no cumplirlas? Yo no podré nunca perdonarle eso. No soy alegre. Es solo una máscara para afrontar el día, porque a la noche lloro cuando tía y ama no me ven y a veces digo que tengo alergia a las flores para justificar mis lágrimas. Me acusáis de no sufrir tanto por no estar con él y para mí ha sido peor no tenerlo. Quizás viendo sus ojos hubiese sabido que me mentía, o quizás por su tono de voz, pero con mensajes escritos yo solo pude confiar en su palabra. A veces quiero saber de él y en otros momentos me pregunto para qué. ¿Tiene ya algún sentido?

Todas enmudecieron en un intento de empatizar con ella. Nunca habían visto a una Rosita tan real, intentando defender su dignidad desde la tristeza.

—¿Dónde quedó tu dolor, Rosita? —le preguntó Dolores, que adivinaba por sus latidos y energías un hecho que ocultaba—. ¿Quién escribió por última vez?

En ese instante, a Rosita se le paralizó el rostro, como si su mente la hubiese transportado muy lejos en el tiempo. La Conjuradora sopló un poco del humo de color cambiante que salía de la caldera, alcanzando a la joven. Ella cerró los ojos, inhaló profundamente y su respiración agitada hizo que de su garganta brotase una exhalación de ahogo. Como ella siempre decía, no hay cosa más viva que un recuerdo y, por eso, a veces, te hacen la vida imposible. Entonces, se introdujo la mano en el escote del vestido y sacó un sobre arrugado sin cerrar. Levantó la solapa y extrajo de su interior dos folios, que desplegó con delicadeza. Estaban ajados y manchados, aunque su deterioro no se debía solo al paso del tiempo. Saltaba a la vista que sobre ellos se habían derramado muchas lágrimas.

—Esta es la última carta que escribí. Nunca la envié.

—¿Él nunca supo su respuesta? —preguntó la Criada, que obtuvo pronto la confirmación de Rosita con un gesto de asentimiento, y por ello se aproximó a apretar su mano con fuerza—. Ha estado callada... Cuánto debió sufrir, pequeña...

Rosita palpaba aquellas páginas amarillas y rasgadas por las esquinas. Hacía años que no había vuelto a abrir aquella carta, como si hubiese puesto un candado imaginario sobre ella para no reabrir el dolor. Aun así, se sintió afortunada en ese intento, tan suyo, de ver una parte positiva a todo.

—Tuve suerte porque pude escribir —replicó Rosita, como consuelo—. En este papel volqué todo mi dolor y mi luto, lo que no me atrevía a decir a ama ni a tita para que nadie sufriera. Y quizás no la envié porque me desnudé tanto que no quería que él viera que había sido una persona tan importante para mí. Su

última carta estaba llena de arrogancia y me importó más conservar mi dignidad, a pesar de que me había clavado un puñal en el pecho.

La Criada la rodeó con su brazo y permaneció apoyada sobre su hombro mientras Rosita no despegaba la mirada de aquella carta que ahora liberaba sus palabras, iluminadas por la hoguera.

—¿Te gustaría que ahora él supiera el daño que le causaste? —le preguntó la Conjuradora.

Todas esperaban ansiosas la respuesta de Rosita.

La joven tomó aire con fuerza antes de responder.

—Pero... ya no sé su dirección. Y quizás se ría de mí.

—No importa. Si la lees en alto puedo hacer que las palabras y tu voz viajen por todo el océano y lleguen hasta sus oídos. Si no quería escucharte, ahora no podrá evitarlo porque mi conjuro hará que rebroten tus pensamientos en sus sueños una y otra vez cada noche. Solo padecerá una mínima carga de lo que tú has sentido. No se reirá, sentirá vergüenza de sí mismo. Y si se ríe, ello dirá más de su pobreza de espíritu que de tu amor sincero. Solo necesito que, tras la última palabra, arrojes la carta al fuego.

Rosita miró a la Criada, que le dio un empujón con el codo en señal de ánimo. Luego, llevó su vista a la Zapatera, a Belisa, a Amelia, a Magdalena, a la Poncia..., y todas, conforme posaba su mirada en ellas, asintieron con fuerza o guiñaron con complicidad. Belisa se acercó a ella para decirle al oído: «Estamos aquí, no estás sola». Y Rosita, tras unos segundos de reflexión, respondió con sus ojos a Dolores: «Estoy preparada».

En ese momento, la Conjuradora vertió un líquido en la caldera que hizo que su contenido entrara en ebullición y cambiara su tono a un gris casi negro. De inmediato, se elevó y flotó en el aire una especie de remolino de viento y ceniza horizontal, que simulaba un túnel del tiempo que giraba sobre sí mismo. Todas reaccionaron asombradas con aquel pasadizo. La Conjuradora marcó el comienzo de la lectura mientras no paraba de remover la caldera con fuerza, proporcionando un ritmo continuo para que no cesara aquel torbellino. La Criada y Belisa rodearon con sus brazos a Rosita para transmitirle fuerza, mientras que ella sostenía, temblorosa, la carta entre sus manos. Respiró con angustia, sabiendo que ya no había vuelta atrás. Una carta que después de años iba a leer en voz alta, por primera y última vez.

Ya no puedo decirte «querido primo» ni «querido amor» porque tú no me has dejado que te quiera, y estas lágrimas son testigo del deshonor y el dolor a los que me has sometido. Pasada la primavera, no sé por qué yo, que planté paciencia, amor, entrega y verdad contigo, nunca he sido correspondida con nada bello, cuando mi tío plantaba semillas y salían las flores más hermosas. Al menos considero que unas palabras de respeto y amor sí merezco, aunque fuera porque protegí tu nombre ante todo el mundo.

En todos estos años de espera vacía e infructuosa yo seguí creyendo en ti y en tu palabra. Más que en mí misma. Y ese fue mi error: negarme cada noche que me estabas mintiendo. Quizás porque no quería asumirlo. Ahora que me dices que todo ha terminado, no dejo de pensar para qué ha servido el dolor que tuve cuando creía que otra mujer te tocaba; para qué las noches de tristeza y los nudos sin deshacer en el estómago queriendo ser otra persona. Quería volar hasta donde vivías para sentir lo que debía ser estar en tus brazos. Yo quería oler tu piel, tocar tu cabello, sentir tu sonrisa golpearme en el pecho... Yo te quise de verdad.

Me he levantado día tras día pensando en cómo despertarías, en besarte cuando te durmieras, en cómo te abrazaría para conciliar el sueño y en qué te gustaría desayunar, e imaginaba tus bromas y aquellas cosas que me hacían reír en nuestros comienzos... ¿Dónde quedó todo aquello? Yo esperaba como comida y agua las palabras que me daban esperanza. Ahora comprendo que las letras son letras y que no valen. Que lo único cierto son los hechos.

A la vecina siempre le preocupaba que sus hijas bajaran de rango..., a mí me daba igual. Como si en lugar de en Tucumán hubiéramos acabado en una aldea perdida de Castilla con un puesto de pipas de girasol y caramelos, con dos reales. No te esperé por condición, ni siquiera por fidelidad, sabiendo ya que no era correspondida. Te esperé por lealtad a la palabra dada.

Yo era una flor y cada día que pasaba pensando en ello me deshojaba. Dejaste que me marchitara. Me dijiste que el día que nos viéramos en Argentina me recibirías con un ramo de flores. Te pregunté cuáles serían y nunca me respondiste. Yo pensé que querías darme una sorpresa, pero ahora sé que lo decías como quien lanza un hueso a un perro para que se calme. También me dijiste que cada día me enamorarías tanto que me aburriría de ti... ¿por qué me decías esas cosas si solo pensabas en ti? ¿Por qué te has reído de mi ingenuidad? Yo, que nunca actué con maldad para ti y eras mi prioridad absoluta. No sé cuántos pañuelos usé para el llanto. Todas las cartas tienen lágrimas mías que no llegaba a retirarme a tiempo. Y me obligabas a levantarme con el sentimiento de la esperanza muerta. Hasta que otra carta me la devolvía. Y luego llegaba tu silencio. Y yo me abrazaba a la almohada pensando que eras tú... Y, tú, te reirías de mí. Has hecho que nada de lo que te entregué mereciera la pena. Has hecho que mi vida no tuviera sentido.

Me cansé. Una se cansa de esperar. Se me pasaron los mejores días pensando. ¿Y para qué? Te quise tanto que hasta me convencí de que no había mayor muestra de amor que dejarte ir, feliz, con otra. Y, de veras, aún lo pienso. Pero... ¿y mi felicidad? ¿No merecía la verdad? ¿Por qué ocultarme cómo eras? ¿Para qué hacías promesas que nunca podrías cumplir? Yo, aquí, seré la Solterona de la que no dejaré que se rían... aunque ya lo hagan. Porque eso no me duele tanto como mi confianza rota depositada en ti. Yo dormiré con dolor pero tranquila, porque fui sincera y siempre puse mi corazón limpio por delante. Lo mío no fueron solo palabras, fueron hechos. Estuve cuando peor estabas y cuando más lo necesitabas. Hoy he aprendido que quizás tuve suerte. Y que ahora me levanto con la esperanza de que la vida sigue. Quizás es mejor pasar mis días sin alguien que me ha traicionado y decepcionado profundamente; sin rencor, pero con una profunda pena por el daño sufrido. Nadie que da cariño y protección merece el desprecio que sentí. Sé feliz con tu destino y espero que algún día tengas la capacidad de valorar cuánto amor, respeto y protección te di. Adiós, siempre.

Rosita

La joven, que había leído la carta en voz alta, entre lágrimas y ahogos y momentos de templanza y fuerza, había observado sobrecogida, al igual que todas, cómo sus palabras salían expulsadas de su boca en forma escrita a medida que las pronunciaba. Y cómo, una vez fuera, eran absorbidas por aquel túnel del tiempo creado por la Conjuradora, una tras otra, acompañadas cada vez de un viento más fuerte. En cuanto pronunció su nombre al final, las últimas letras fueron engullidas por el torbellino, que forzó aún más su ritmo dispuesto a consumirse. Rosita lanzó la carta al fuego mientras el remolino se adentraba en la caldera que, finalmente, explosionó con una humareda que las cubrió a todas e hizo desaparecer aquella carta para siempre. En cuanto se retiró aquella nube de humo, Rosita, con el aliento roto y desbordada en lágrimas, pudo buscar a la Conjuradora, que descansaba y jadeaba sobre su bastón, agitada y agotada, tras el esfuerzo realizado. La mujer levantó la cabeza para cruzar su mirada con Rosita. Entre sus ojos parecía que la magia seguía, pero no, aquello era pureza. En aquel cruce hubo un reconocimiento de solidaridad mágica entre ellas. Y, en ese momento, Rosita pronunció entre sus labios la palabra que necesitaba decir desde lo más profundo de su corazón:

—Gracias.

Aquel escenario había dejado a todas profundamente conmovidas. Todas habían sentido una fuerza fuera de lo natural y que habían tocado juntas otra dimensión.

Dolores solo acertó a decir: «Sigamos», antes de acercarse de nuevo a la caldera, donde alzó sus manos y el líquido empezó a hervir otra vez. La Zapatera y Amelia fueron en busca de más leña para que el fuego no se apagase. De pronto, Dolores pegó un brinco cuando notó en su oído una voz inesperada. «¡Yo quiero casarme! Que tengo sueño y la luna me quiere mecer», dijo María Josefa. La anciana seguía con su camisón, descalza, y se había prendido nuevas flores en su pelo. Llevaba apretada contra su cuerpo a la oveja, que dormía. Todas se sonrieron entre sí con ternura cuando vieron la escena. Para la Criada, que había cuidado de ella cada día, aquel acto de ingenuidad la conmovió profundamente. La Conjuradora acordó que ella sería la jefa de ceremonias, pero la anciana dejó de prestar atención en cuanto vio de lejos a Bernarda, dormida, iluminada por las hogueras. Se aproximó a ella y apoyó la cabeza contra su pecho, escuchando. Luego se incorporó y pasó una de sus huesudas manos sobre los ojos de su hija, y recordó que no hacía ese gesto desde que Bernarda era niña. «Duerme, pequeña, duerme. Que la luna te vigila y las aves te protegen», le susurró al oído.

De allí, la anciana caminó rápida hacia la puerta de casa y, tras desaparecer unos instantes en el interior, volvió a salir. Echó a andar con paso muy marcado mientras tarareaba una canción nupcial. A la vez que avanzaba, lanzaba al suelo piedras y hojas de árboles y flores. Todas decidieron ponerse a derecha e izquierda del camino de la anciana para arroparla en su recorrido. Belisa, por sorpresa, se acercó a la Novia y le puso una corona de violetas y jazmines para el momento. Cuando la anciana llegó a la altura de la caldera, el fuego iluminó su rostro.

—¿Con quién quieres contraer matrimonio, María Josefa? —le preguntó la Conjuradora.

—Con la luna y con mi novio. Él está muerto, pero la luna me ha dicho que él está con ella y yo quiero viajar. Y allí buscarlo, traerme dos estrellas para decorar mi pelo y llevarlo a la orilla del mar, para casarnos de nuevo.

La Conjuradora pronunció unas palabras en un idioma que ninguna llegó a comprender, mientras miraba a la anciana, cuya mente parecía ya ausente de aquel jardín. Dispuso sus manos sobre el rostro de María Josefa y esta empezó a tener ensoñaciones. «Más cerca estoy, luna lunera. Más cerca estoy... de ti». La anciana cerró los ojos y Dolores la sostuvo, desvanecida, entre sus brazos. Sumergió a la anciana en un profundo sueño, abrazada a su oveja y en un viaje hacia la luna. María Josefa sonreía con dulzura, como si la ensoñación que estaba viviendo fuera lo más hermoso que había experimentado en mucho tiempo. Sus nietas se aproximaron, preocupadas, aunque Dolores pronto las calmó con sus palabras. La Conjuradora miró a la luna, cubierta por algunas nubes que pasaban.

—No nos queda tiempo. Hay que llamar ya a los muertos —advirtió a todas—. Y presiento uno muy cerca.

Aquellas palabras les robaron la respiración.

— ¿A quién sientes? ¿Es una mujer? —preguntó Magdalena.

La Conjuradora negó con la cabeza tras unos segundos de reflexión. Los árboles se agitaron y, de ellos, salió una lechuza que desprendió de sus garras un papel que cayó al suelo. La Conjuradora se agachó para recogerlo, lo abrió y leyó en alto las primeras líneas: «... porque yo quise olvidar y puse un muro de piedra entre tu casa y la mía...».

—«Es verdad. ¿No lo recuerdas? Y cuando te vi de lejos, me eché en los ojos arena» —continuó la Novia, que soltó un lamento. Las lágrimas se alzaron sobre sus pestañas, y se volvió hacia Dolores—: ¡Es Leonardo!

La Conjuradora lanzó de inmediato el papel a la caldera junto con otras plantas, y un viento que traía briznas de hierba arrastró aquel vapor hacia la Novia. La joven cerró los ojos, y su cabeza se llenó con la voz de Leonardo, palpitante. Revivió aquel momento como si se repitiera, como si el propio Leonardo estuviese pronunciando aquellas palabras en su oído.

«Pero montaba a caballo
y el caballo iba a tu puerta.
Con alfileres de plata
mi sangre se puso negra,
y el sueño me fue llenando
las carnes de mala hierba.
Que yo no tengo la culpa,
que la culpa es de la tierra
y de ese olor que te sale
de los pechos y las trenzas.»

La Novia, con los ojos cerrados y con la respiración agitada, envuelta en la voz de Leonardo, que retumbaba en su interior, se abrazó a sí misma y gritó:

«¡Ay, qué sinrazón! No quiero
contigo cama ni cena,
y no hay minuto del día
que estar contigo no quiera,
porque me arrastras y voy,
y me dices que me vuelva
y te sigo por el aire
como una brizna de hierba.»

Todas notaron que un golpe de frío las helaba por dentro. De fondo, mientras ella recitaba aquellas frases, escucharon el trote de un caballo que se aproximaba más y más, hasta que irrumpió con fuerza por el pasillo de cipreses que desembocaba en el jardín de la entrada. La Novia abrió los ojos y fue hacia el animal, que la buscaba y que, al ir ella a su encuentro, se puso a hacer cabriolas, mientras relinchaba sin parar. Ella, llorando, se abrazó a su cuello, lo besó y luego bajó la cabeza del animal para fijarse en sus ojos. Así consiguió calmarlo unos instantes. No sabía si era imaginación o cra realidad, pero la mirada de aquel corcel era inconfundible. Aturdida, pero emocionada, y sin ser consciente de cuánto duraría ese momento, sabía que tenía que decirle lo que se había guardado durante años.

—Amor, eres tú, ¿verdad? Leonardo, ¿estás aquí dentro? —el animal se calmó aún más. Ella dejó descansar su cabeza sobre la del caballo y respiró profundamente antes de hablar, a veces entre pequeñas sonrisas, y otras entre lágrimas—: Qué dolor, mi niño... Cuántas cosas se me clavaron dentro que nunca te dije. Recuerdo que me preguntaste por qué me enamoré y yo no supe responderte entonces. Ahora sí. Te quise porque solo tú rompías los muros y el suelo a tu paso. Y, a la vez, eras como un niño al que domar. Pura inocencia, desvergonzado y cristalino. Eras vida en esencia y aún me pregunto cómo puede desaparecer tanta vida de golpe. ¿Por qué contigo cada segundo era tan intenso y feliz? ¿Cómo lo conseguías? Eras placer y deseo, destello y sombra, carcajada y calma, aire y respiro. A veces me parecía una ilusión... No podía ser cierto que hubiese encontrado a alguien como tú. Por eso me convertías en una brizna de hierba. Nadie más pudo conseguirlo. Siempre seré tu novia eterna. —El animal resopló y agachó más su cabeza, como si quisiera sentir más a la joven, que se retiraba algunas lágrimas con la palma de la mano—. Nos quedó todo por hacer, aunque para ello tenemos nuestra imaginación. Descansa tranquilo porque nunca morirás en mi memoria, donde sea que estés. Nadie podrá impedir que ame a un muerto y a un recuerdo, como nadie pudo impedir que aquel cuchillito atravesara tus carnes o que la luna iluminara tu muerte.

La Novia expresó estas últimas palabras con un ahogo prieto y rompió a llorar, mientras el animal permanecía inquieto. Poco a poco, sentía que sus respiraciones y latidos se acompasaban. No quería soltar sus brazos del cuello del corcel, al que rodeaba, y no sabía con certeza si de tanto abrazarlo con los ojos cerrados, quizás, la magia de la noche terminaría por convertir a aquel caballo en Leonardo.

—¡Matadme si esto es un sueño! ¡¿Qué hace aquí ese animal?! ¡Buscad una escopeta! —exclamó Bernarda a gritos desde lejos, recién despertada y alterada por la escena que presenciaban sus ojos.

La Novia despertó de golpe de aquella calma íntima y se puso en guardia.

—¡Corre, Leonardo! ¡Corre! ¡Sé libre hasta que pueda encontrarte de nuevo!

La joven besó con fuerza al animal, que relinchó y abandonó el lugar a todo galope, perdiéndose entre la negrura del jardín de cipreses. Bernarda salió corriendo tras él por el camino, alzando su bastón mientras gritaba:

—¡Maldito animal! ¡Como seas Pepe el Romano no vas a tener vida! ¡Ven aquí y enfréntate a Bernarda! ¡No huyas como la última vez!

Tras ella salieron, intentando darle alcance, Poncia, Martirio y Angustias. La Conjuradora corrió hacia las dos hermanas y les cortó el paso, a la vez que la Poncia regresaba unos minutos después, asfixiada, negando haber podido frenarla.

—¡Bernarda va como un basilisco! ¡Todo esto me recuerda a aquella noche horrible! ¡Haga algo, bruja!

Unas campanas de iglesia sonaron solemnes. Las hermanas, ansiosas, esperaban una respuesta de la Conjuradora, que las miró fijamente y, dirigiéndose a todas, dijo:

—Ha llegado la hora. La muerte ya está aquí.

El tañido pausado e intercalado de las campanas frenó a Bernarda. Había corrido como nunca tras el animal, que se perdió entre los árboles. Ni ella sabía de dónde había sacado aquellas fuerzas. Ahora, asfixiada, ralentizó sus pasos ante el temblor de sus piernas por el esfuerzo. Avanzó entre la oscuridad del jardín. La noche casi había cambiado aquel espacio en un frondoso bosque, que parecía haber crecido bajo la luz de la luna. Bernarda intentaba orientarse sin saber que la Conjuradora estaba cerrando su ritual y enviaba una nube de polvo de color negro. Ella, centrada en su ira, maldecía a Pepe el Romano y al caballo que acababa de cruzarse en su camino. Había salido con tanto ímpetu de aquel letargo que ahora se notaba aturdida, aunque avanzaba alerta a cualquier sonido o señal. Creyó escuchar los pasos del animal tras unos árboles y se aproximó hacia la zona. Se asustó cuando comprobó cómo entre las ramas una lechuza extendía sus alas y pasaba por encima de su cabeza. Giró sobre sí misma unas cuantas veces, perdida y algo angustiada, mientras comprobaba cómo una nube de humo negro inundaba su camino.

Bernarda avanzó unos pasos mientras apartaba con las manos aquella especie de niebla oscura que ya la envolvía, intuyendo que estaba en el camino correcto de regreso. Convencida, agrupaba en su boca todas las palabras de indignación que quería decir nada más encontrarse con sus hijas. No podía soportar pensar en la sola idea de que la hubiesen embrujado y adormecido sin haber podido impedirlo. De pronto emitió un suspiro de alivio cuando intuyó, a lo lejos, entre unos árboles oscuros, la silueta de Magdalena. Iba decidida hacia ella, pero la hija avanzaba más rápido, alejándose por el camino. Los árboles marcaban unas curvas cerradas que le impedían ver con claridad. Bernarda, asustada de quedarse sola, gritó el nombre de su hija para que la esperase y apresuró el paso, pero se detuvo cuando descubrió que aquella persona no era Magdalena. De pronto la niebla de humo negro desapareció y detrás de un árbol, iluminada por la luz de la luna que se acababa de abrir paso, comprobó el vuelo de un vestido verde. Elevó su mirada y tuvo la certeza de que aquel cuerpo era el de su Adela. Su respiración se paralizó. No sabía si era una ensoñación. Mantuvo la distancia y se frotó los ojos con energía. Decidió que su bastón fuera como una extensión de su brazo, y agitó la vara a derecha e izquierda, como si así asegurara una distancia entre su realidad y la que tenía enfrente. Con temor, se acercó a la joven, que permanecía quieta y pálida bajo la luna. Bernarda extendió sus dedos para rozarla y, en cuanto sintió su piel helada, dio un paso atrás.

—No tema —respondió la joven.

Bernarda apretó y besó su crucifijo con ansia y en repetidas ocasiones, antes de hablar.

—Adela... El vestido verde lo guardamos bajo llave en el arcón de la abuela...

—Lo sé. Y un día me aparecí en sueños a la abuela. Tiene razón. Ella habla conmigo. No fue difícil... No iba a obedecerla a usted. No sería parte de su mar de luto.

Bernarda la contemplaba, sin estar del todo convencida de que aquello estuviera sucediendo. Ella podía tocarla y sentirla. Y aquella era su voz, sin duda. Todo este tiempo había albergado cientos de preguntas para su hija, y ahora que la tenía delante su mente estaba casi en blanco. Solo había una pregunta que permanecía. La más complicada y la más difícil de olvidar... Y la más difícil de hacer.

—¿Por qué? Solo dime por qué. Las hijas no mueren antes que las madres.

—Yo no morí. Usted me mató.

—No, no me cargues con ese peso, Adela. No sé si para ti merezco ser llamada madre, pero nunca quise tu muerte.

—Pero me llevó a ella. La soga me la puse yo al cuello, pero quien me hizo caminar hasta ella fueron sus palabras de condena. Lo hice porque si no podía vivir como quería, no asumiría su vida impuesta. Me suicidé porque estaba muerta en vida y pensaba que sería lo único que me haría libre. Y a veces pienso que fui valiente y, otras, una cobarde. Y a veces pienso que fui libre de vosotras, pero no libre de escapar de mí misma ni de lo que sentía. Porque ahora estoy en otro mundo, pero vivo y siento y pienso igual. Y el rencor sigue, y mi deseo, y mi angustia...

—¡Cuando lo hiciste me mataste también! Yo estoy muerta porque no vivo en calma desde que te fuiste. Yo, que ni viví en calma desde que naciste para protegerte...

—Nunca la escuché pedir perdón. Nunca. Por nada. ¿Sabe? No la recuerdo emocionarse con lo cotidiano. Yo sí lo hacía y ahora, desde donde estoy, no oigo cantar al gallo por las mañanas, ni veo las gallinas en el patio, ni puedo ya soñar ni pensar en otras vidas que nunca tendré.

—Aquello no podía ser, hija. Ninguna mujer del pueblo ha podido romper las normas, solo acatarlas si quería vivir con honra. Y tú no podías ser menos que tus hermanas. Nunca quisiste aprender que la vida no es la que quieres sino la que te toca.

—Padre nunca me dijo eso... —replicó Adela, testaruda.

—¿Y qué te decía padre? ¿Acaso te prometió algún futuro que no fuera la casa? Padre se hizo con lo fácil para un hombre, que otros trabajaran las tierras para él y los dineros. Y me dejó vuestro cuidado y educación porque ya me dijo un día: «Yo no sé cuidar a las hembras». ¿Qué hacer? ¿Dejaros de la mano de Dios? Puede ser que todo lo hiciera mal como madre. Pido perdón por ello y cargo cada día mi cruz, pero toda la responsabilidad estaba sobre mí y la responsabilidad solo entra con autoridad.

—La única certeza es que me odiabas porque veías en mí lo que nunca fuiste capaz de hacer. Y yo... ¡no tenía miedo de amar, ni miedo de ti, ni miedo de la muerte! —exclamó Adela.

Bernarda se tiró al suelo y se arrodilló delante de su hija.

—¡Calla, calla! Que escupes sobre mí lo que nunca quise escuchar y tus palabras se me agarran y me tiran del alma hacia dentro. Había que sobrevivir siendo mujer. La mujer que debemos ser. ¿Lo entiendes? Y sí. Eras la más parecida a mí, pero más valiente. ¡A mí me frenaron la abuela y las vecinas y el pueblo entero! ¡Y los murmullos y los rumores por las calles! Hubiese dado mi vida por otro que me iluminaba los días y me ilusionaba las noches. Y supongo que aquel negarme y obviar lo que sentía me hizo un pozo de veneno que nunca debió llegar hasta ti. Pero, dime, ¿qué hubieses hecho tú de ser yo misma? Pepe era para tu hermana. Una mujer ya mayor que necesitábamos casar para mantener la honra. Hija, no sabes lo complicado que es ser mujer en esos tiempos. De ser vosotras hombres nada de esto hubiera pasado. Y yo lo hice mal, pero tampoco sabía hacerlo de otra manera. ¡Pido perdón si con ello vuelves a la vida! ¡Si con ello consigo el perdón de tus hermanas!

Bernarda rompió a llorar. Adela se sobrecogió. Jamás, en vida, había visto las lágrimas de su madre. Ni la había visto derrumbarse. La joven dobló sus rodillas, bajó y sostuvo su cara entre sus manos, intentando fijar su mirada en unos ojos que la evitaban.

—En ese más allá donde vivo he podido verla en su infancia. Y aquellos ojos ya no están en su rostro. Madre... usted era feliz. Y bordeaba los chopos y bebía el agua del molino y la abuela le enseñó a hacer rosquillas de anís. ¿Dónde quedó esa Bernarda? ¿Dónde?

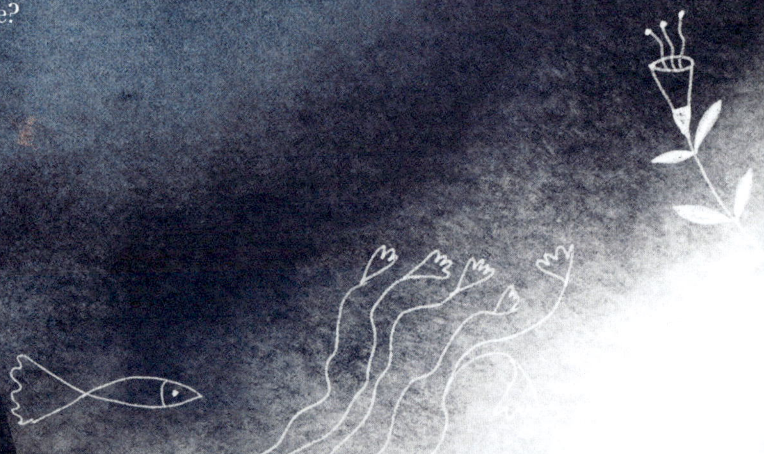

—Aquella Bernarda se apagó cuando creció. Cuando fue esposa y madre y tuvo que afrontar la vida que no quería con quien no quería. Y mi error fue condenarte a lo mismo. Nadie me enseñó a ser madre, pero sí me enseñaron que el dolor y el secreto de las madres no puede ser desvelado. Y quizás es eso lo que me infecta y me pudre: la resignación y el callar lo que no pude nunca gritar. Sobre mí se tejió la idea de la mala madre y yo lo asumí como una manera de sobrevivir entre tantos lobos. Aquella Bernarda dejó de existir, como habrías dejado de existir tú cuando hubieses visto a Pepe el Romano dormir cada noche con Angustias, mientras tú estarías sola en tu cama. Como habrías llorado al aprender, como yo, que los hombres que se comparten acaban con nosotras mismas.

Adela pensó en aquella última frase y abrazó a Bernarda. Aquel torrente de fuerza era ahora casi como un pajarillo débil y derrotado al que se podía rodear con los brazos sin dejarle escapatoria. La estrechó más fuerte hasta que una imagen olvidada brotó de golpe en su memoria: el recuerdo de su madre Bernarda entrando de noche en el salón donde velaron su cuerpo difunto, abrazándola, llorando, para pedirle perdón.

Las hijas de Bernarda caminaban impacientes de arriba abajo, esperando que su madre saliera viva de aquel bosque. Dolores les había prohibido entrar en aquel jardín, que ahora estaba encantado. Las hijas preguntaban a la Conjuradora qué ocurría y ella, concentrada en su hechizo, se negaba a dar respuestas. El resto de las mujeres presenciaba la escena con inquietud, sobre todo Rosita.

—Madre tenía razón, como siempre. Esto es una locura. Adela se nos fue y esperemos que ahora madre no esté muerta por ese animal —espetó Angustias llena de indignación.

—Y qué esperabais. Pepe el Romano fue el motivo de nuestra desgracia —exclamó Martirio—. Nuestra Adela se mató por Pepe el Romano, ¡cómo no va a salir madre detrás de él!

—Pero ¡ese caballo es mi Leonardo! —gritó la Novia—. ¡Dolores, haz algo!

La Conjuradora pidió calma y explicó a la Novia que Leonardo estaba a salvo. Reclamó prudencia a las hijas de Bernarda, conocedora de que hay situaciones que se deben manejar en tiempos precisos. Aun así, un tema que había sido tabú entre las paredes de la casa durante décadas tenía que estallar. Los muros no pueden contener horas de silencio. Y Angustias seguía rebelada por dentro.

—Os quejáis de vuestras vidas..., pues imaginad lo que es que tu hermana te quite tu marido.

—No seas así, la culpa no fue de Adela —atajó Magdalena—. Ella era libre. Sobre él debe caer todo peso, por no ser sincero y no decirte que no te quería. ¿Cuánto hubieses sufrido al descubrir su doble vida?

—Pero ¡él tampoco la amaba! ¡Él solo buscaba en Adela carne fresca! ¡Por ella no tuvimos ya ninguna hombre que nos tocara ni el cuerpo ni el alma! —gritó Angustias.

—Nos condenó a una vida de infierno, de luto eterno —replicó Martirio.

—Nos condenamos. Todas la condenamos. Porque si, como hoy, nos hubiésemos tragado el orgullo y hubiésemos hablado, quizás Adela no estaría muerta y nuestras vidas habrían sido diferentes, sin que el tiempo nos envejeciera mustias y sin que nuestro ardor pudiera ser sofocado. Quizás se encaprichó de Pepe no tanto por amor sino por la sensación de libertad que daba a la casa. Tener un marido era la única forma de salir de allí. Si la hubiésemos escuchado, quizás la hubiésemos entendido, pero ni siquiera eso hicimos y, en su lugar, convertimos en tabú hablar de lo nuestro. Todas escogimos el silencio por el qué dirán, sin escucharnos ni a nosotras mismas. ¿Os escucháis a vosotras y os sentís orgullosas? —gritó Magdalena, dándose golpes en el pecho—. ¡Porque yo no, porque me niego cada día! Nos tragamos sapos y culebras para que las paredes no escucharan nuestros susurros y para que a nuestras ideas no las rozara ni el viento. Elegimos una cárcel de sentimientos.

Todas optaron por callar, avergonzadas de sí mismas, y enfocaron sus ojos hacia aquel jardín que no les devolvía a Bernarda.

Las nubes tapaban de vez en cuando la luna, entrada ya la madrugada, y la campana de la iglesia dio un toque, a lo lejos, a la vez que se levantaba otro viento impetuoso que casi apagó el fuego. Aquel aire trajo volando una tela morada y verde y tras ella, a lo lejos de aquel jardín, apareció una joven que gritaba: «¡Cogedla! ¡No dejéis que el viento arrastre mi bandera!». Cuando aquella silueta que percibían a lo lejos del pasillo de cipreses se aproximó y salió al llano donde todas estaban, Rosita lo adivinó de inmediato.

—¡Mariana Pineda! ¡Has venido!

LIBERTAD

Para entonces la luz de la luna ya iluminaba el cuerpo de Mariana. La mujer estaba agitada y había dado alcance a aquella bandera, por cuya desgracia llevaba una marca en su cuello.

—¡Me habéis devuelto parte de mi vida! —exclamó, mientras no dejaba de avanzar mirando hacia todos lados, apretando con fuerza su bandera—. ¡Cómo huele a mi Granada, de la que no pude despedirme como debiera! ¿Podemos irnos al Albaicín y gritar desde allí mi nombre? ¡Quiero gritar mi nombre para que me vean libre, aunque nunca lo quisieran! ¡Libertad, Igualdad y Ley!

Rosita estaba cautivada y extasiada por aquellas palabras.

—¡Cállese o nos detienen y acabamos en el cadalso, como usted! —señaló Poncia.

—Ya no temo nada, porque no temí ni a la muerte. No va a callarme nadie porque yo fui con mi palabra por delante. Asisto para pedir a Federico libertad auténtica. Libertad fue una palabra inventada por los hombres, porque eran los únicos que la sintieron. La nuestra se nos deshace en la boca, llena de peros y excusas.

—Usted no debió prestarse a semejante enredo —criticó Angustias—. Una mujer viuda no debía jugar con fuego.

—Una mujer lucha por su libertad propia. ¿Acaso las viudas debemos tener el corazón muerto y el alma dormida? Aun muerta, mi corazón palpita. Aunque personas como usted rumien por ello.

—¡Adela! ¡Estás aquí! —gritó Amelia, con ahogo, en cuanto descubrió su llegada. Todo el mundo desvió la mirada hacia ella.

Amelia y Magdalena corrieron al encuentro de su hermana, en cuanto apareció en el jardín, mientras el resto de las hermanas acudía hacia Bernarda, que caminaba unos metros detrás de Adela, con una expresión de derrota en el rostro. Magdalena abrazó a su hermana tal y como siempre había soñado que haría si esta volvía a la vida alguna vez. La besaba de forma sonora y apretada, repitiendo una y otra vez con lágrimas contenidas: «Sabía que te vería». Cuando cesó, Adela elevó la vista por encima del hombro de su hermana y regresó a su realidad. Comprobó que todo seguía igual y que el resto de sus hermanas rodeaban a su madre. Ni siquiera, tras morir, podían perdonarla. A veces, las cuestiones más turbias y dolorosas se cubren con metros de tierra y silencio para cesar la memoria. Pero la tierra, aunque sea polvo, late. Y ahora mismo sus corazones eran como caballos al galope. Adela se giró, miró al grupo y observó cómo Bernarda daba un empujón a Angustias, que avanzó unos pasos, con la mirada tibia pero la garganta ardiendo al tragar saliva.

—Nunca fui tu hermana de sangre. Quizás por ello nunca te dolió arrebatarme a mi hombre.

Adela calló y optó por alejarse. Magdalena dio unos pasos para acompañarla, pero la rechazó, mientras las demás hermanas permanecían aún al lado de Bernarda. Adela acudió a sentarse bajo la parra y miró al cielo. Se detuvo sobre cada uno de los puntos de luz, pensando que ojalá morir hubiese significado volar hasta ese espacio y caminar sobre las estrellas. La muerte no le había proporcionado escapatoria ni calma. Cerró los ojos, intentando evadirse de tanto desasosiego. Hablar con su madre había sido más fácil que enfrentar la mirada de sus hermanas. Porque por ella todas se condenaron al mismo final.

—Quizás no te comprendieron porque nunca conocieron la pasión y el deseo —irrumpió la Novia, a su espalda. Adela le sonrió, porque aquellas palabras sí mitigaron parte de aquella tremenda soledad que la oprimía.

—¿Tú los conoces?

La Novia suspiró antes de responder, mientras se sentaba a su lado.

—Demasiado. Una vez que se conocen pasión y deseo... ya nos pueden poner muros de cien metros de alto, que los escalamos arañando las paredes con nuestras manos, si es necesario.

—Pero, tú, ¿los padecías como yo? Él era mi libertad, mis alas para salir de allí. ¿Qué sentías cuando te apretaba entre sus brazos? ¿Cuando te decía cosas al oído? ¿Cuando olías su piel? —preguntó Adela, intentando encontrar respuestas que aliviaran un poco más el peso de aquella cruz que cargaba a cuestas—. Quizás, tápate los oídos ante mi descaro, pero yo le hubiese despertado por la mañana respirando su cuello y mordiendo el labio. Y mi cuerpo sería solo mío y de quien yo quisiera. Y me daba igual el honor de mi sexo, porque aquel momento en el que me apretaba y era uno, sentía un abandono de mi ser...

—... el éxtasis del deseo...

—... una fuerza que raptaba un lugar desconocido de mi cuerpo...

—... y luego un quejido...

—... y un lamento...

—... y un temblor de piernas...

—... que te sumían en la serenidad y el sosiego...

—... y besar sus ojos...

—... y buscar que sus pupilas me encerrasen en aquella cárcel de ensueño...

—... y ser libres, como el viento...

Adela y la Novia se miraron conmocionadas por retratar aquel placer único que solo las dos habían conocido. La pasión como golpes en el pecho. La Novia miró a las estrellas, dio la mano a Adela y suspiró.

—No es tu culpa. Qué vida podemos tener como mujeres cuando nuestro deseo es pecado.

—Había una canción de otoño en Castilla que decía: «Corazón que no quiera sufrir dolores, pase la vida entera libre de amores» —canturreó la Zapatera, mientras bailaba un poco levantando su vestido.

Todas la miraron mover sus pies bajo la falda, iluminada por el fuego de la hoguera, hasta que paró en cuanto la iglesia marcó cuatro toques de campana.

Cuatro de la mañana, 18 de agosto.

Ya era el mismo día y la misma hora en la que Federico fue conducido al lugar donde sería fusilado y abandonado. Rosita miraba a la Conjuradora, que

guardaba silencio con los ojos cerrados, mientras que de la caldera seguían emanando unas suaves volutas de humo blanco. Esperaba que Federico viniera por sorpresa, como lo hicieron el caballo, Adela o Mariana..., pero no, Federico no aparecía por el camino de los cipreses. No quería mirar hacia atrás porque, conforme pasaban los minutos, sentía que las miradas del resto de mujeres estaban sobre ella. Sobre todo, las de Bernarda y sus hijas, que volvieron a las sillas cerca de la puerta, para retomar el rezo. Todas, menos Adela, Magdalena y Amelia, que se quedaron sentadas junto a Belisa.

—¿Cómo es la muerte real, Dolores? —preguntó Rosita, intrigada, mientras escrutaba el cielo negro—. No la nuestra, que somos personajes, digo la verdaderamente humana. ¿Qué se siente ante esa muerte?

La Conjuradora abrió sus ojos de golpe, como si aquella reflexión le hiciera reconocer o identificar una cuestión personal.

—Depende de cómo llegue la muerte. No es lo mismo morir porque una enfermedad te atrape que porque, en la flor de la vida, te asesinen. No es lo mismo morir en tu cama, de la mano de alguien a quien quieres, y despedirte acompañado, que hacerlo después de que te humillen, te torturen, te insulten, te den un

tiro y dejen tu sangre derramada sobre la tierra, sin ni siquiera luz de luna, para que nadie te vea. No es lo mismo morir, que recen en tu entierro y que la gente te lleve coronas de flores, que ser enterrado metros bajo tierra, sin cruz que te recuerde, sin tumba con tu nombre y sin flores que te honren. No es lo mismo descansar en un lugar donde acudan tus vivos para aliviar tu marcha, que ser un desaparecido incluso después de muerto.

—Federico... así fue —concluyó Rosita.

La Conjuradora asintió con la mirada. En la sala donde se exponían las cartas del escritor, Rosita también había leído en algunos libros detalles sobre el fusilamiento de García Lorca, pero no entendía el motivo. Y tampoco quería preguntarlo. Dolores ordenó que se dieran la mano formando un círculo, que cerrasen los ojos e invocasen el deseo que le pedirían a Federico si regresaba. Quería reclamar la necesidad de su presencia. Todas se acercaron poco a poco, conforme una entregaba su mano a la siguiente compañera: de

Rosita a Mariana, a Belisa, a la Zapatera, a la Novia, a Yerma, a la Criada, a la Poncia, a Angustias, a Martirio, a Magdalena, a Amelia, a Adela y... vieron cómo la joven extendía su mano hacia su madre, pero Bernarda no respondió al gesto. Adela permaneció con la mano suspendida en el aire unos instantes más y, ante la negativa, avanzó unos pasos para aproximarla a la de Rosita. Unos pasos que Bernarda truncó cuando, por sorpresa, se acercó a su hija para cumplir. Bernarda miró a Rosita y le extendió también su mano para cerrar el círculo. La forma simbolizaba el cielo en la tierra, la unidad, lo perfecto y absoluto. Todas guardaron silencio entre el crepitar del fuego, el agitarse de las ramas y las hojas, las respiraciones de las aves rapaces del jardín, el sonido de los grillos y el latido de los pajarillos durmientes. En cada una retumbaba ese deseo íntimo y secreto que formularían delante de Federico... su sueño incumplido. Dolores pronunció unas palabras que resultaron ininteligibles para todas. Luego, pidió a cada una que se retirara y esperase. Obedecieron. Entendían que todo lo que podían hacer ya estaba hecho.

—¡Una estrella ha cruzado el cielo! ¡La he visto! ¡La he visto!

El grito de Belisa sacó a todas de aquellos pensamientos. La Conjuradora ordenó a Belisa que pidiera otro deseo y ella, sin compartirlo, cerró fuerte los ojos unos instantes antes de volver a abrirlos de nuevo. Dolores comprobó que todas miraban al cielo, absortas, deseando que más estrellas se cruzaran entre aquellas nubes de terciopelo, y fue entonces cuando entendió que el ritual debía llegar a su fin, con las estrellas como señuelo.

Arrojó con delicadeza a la caldera el último saco de hierbas que portaba en su bastón con celo. Esperó unos instantes y, sin que ninguna se diera cuenta, la caldera evaporó un gas invisible que se apoderó de sus pulmones hasta quedar profundamente dormidas, derrotando al desvelo. Una tras otra se dejaban caer sobre la propia tierra, sobre el tronco del árbol cercano, sobre los bancos, sobre las piedras... sin siquiera balbucear una despedida como consuelo.

Hasta que la Conjuradora, en su último aliento, cesó el embrujo, la caldera se detuvo, el agua se consumió y el fuego languideció poco a poco hasta apagarse por completo, concluyendo aquel anhelo. Las campanas marcaron el toque de las cinco de la mañana, con un sonido de duelo. El cri cri de los grillos cesó frente al solemne silencio, las aves aguardaron latentes en aquella pausa de tiempo, una estrella fugaz cruzó todo el cielo, el viento retiró algunas nubes, dejando a la luna como lucero... que iluminaba el rostro de aquellas mujeres ya ausentes, mientras el último pétalo de la rosa blanca caía al suelo.

LA ROSA SIN PÉTALO

Ya había pasado la hora de las brujas y la hora de los muertos: ese espacio en el que la conexión y la energía entre los dos mundos se diluía. Ahora, el tiempo parecía haberse detenido. Nada se movía en la naturaleza, ni siquiera el viento. Los pájaros permanecían inalterables sobre las ramas de los árboles. Las hojas se mantenían inamovibles. Y los grillos estaban mudos, ausentes sus chirridos. La luna aparecía y desaparecía entre unas nubes que limitaban la luz que cubría la silueta de las mujeres durmientes. El conticinio albergaba el mayor de los silencios. La vida se había frenado hasta ese momento. Aquel sosiego de madrugada solo se rompió con la llegada de un céfiro que lentamente avanzaba por el jardín. Agitó la copa de los árboles, se distribuyó por las ramas y descendió por los troncos hasta alcanzar las raíces e impregnar el suelo de tierra sobre el que ellas descansaban. La suave brisa sopló algo más fuerte y vino acompañada de un intenso y penetrante helor que erizó sus pieles y encogió los cuerpos de Rosita, la Zapatera y Belisa. Sus figuras, que desde fuera parecían inertes, mantenían el tibio pulso de la sangre y la respiración al compás del tiempo. Aquella leve agitación no las despertó en su totalidad hasta que unas notas musicales, muy leves pero que iban *in crescendo*, atravesaron el aire. La misma altura y duración se repetían una y otra vez.

Aquel sonido era familiar para la Zapatera, que, abrazándose contra el frío que sentía, ya sin calor del fuego, se desveló indecisa y se incorporó absorta, frotando sus ojos para adaptar sus pupilas a la oscuridad. Incrédula, dio unos pasos hacia la zona de donde provenía aquella música que el aire arrastraba hasta sus oídos. Avanzó tímida hacia la casa, despacio, y comprobó desde fuera cómo una suave luz provenía del salón principal. Aquellas notas musicales alegres brotaban de un piano. Se llevó las manos a la boca, con un suspiro contenido. No tenía duda. Sus ojos se iluminaron y su corazón se abrió de par en par con el sonido de cada tecla pulsada. Permaneció unos segundos casi paralizada y luego corrió hacia Rosita, a quien zarandeó en el banco para despertarla.

—¡Despierta, Rosita! ¡Escucha! ¡Escucha bien! ¿Lo oyes?

La joven, aturdida por la sacudida, prestó atención a su indicación. La Zapatera empezó a tararear por lo bajo, con un suave toque de palmas, para ayudarla a identificar la música:

—... Anda, jaleo, jaleo..., ya se acabó el alboroto y vamos, al tiroteo y vamos, al tiroteo... ¿No lo escuchas? Son las notas que toqué cuando llegué a esta casa. ¡Es él, muchacha! ¡Es Federico!

Rosita sintió un temblor en sus pupilas y la respiración entrecortada en su pecho, una sensación entre el gozo y el miedo. Sacudió a la Novia, junto a ella, para que se levantara y llamara a las demás, mientras no perdía de vista a la Zapatera, que, cantando la canción cada vez más alto, se adentró en la casa. Rosita y las demás siguieron sus pasos hasta el interior, donde la voz de la Zapatera se juntó con la de un hombre alegre que, sentado de espaldas a ellas en una silla antigua de pequeño respaldo, tocaba el piano de media cola del salón principal. Aquel hombre, que intuyó su presencia, se giró, sonrió y siguió al piano sin perder el ritmo mientras la Zapatera, Rosita, Belisa, Novia y el resto de las mujeres lo rodeaban por completo. Menos Bernarda y Angustias, todas cantaban a la par que él, cuyo rostro se expandía de felicidad, con lágrimas en los ojos, conforme llegaba cada uno de sus personajes. Cuando remató las últimas notas musicales con fuerza, y la canción llegó a su fin, todas irrumpieron en un aplauso. Él se levantó, con las manos agarradas al pecho, intentando retener su emoción y agradeciendo aquella reacción.

—¡Has venido, Federico! —exclamó Belisa.

—Espera, no me digas tu nombre. Quiero reconocerte... Una mujer tan requetebellísima como tú solo puede ser la protagonista de mi obra preferida... Mi Belisa, ¿verdad?

La joven agitó su cabeza, casi ruborizada.

—¿Estáis solas o hay gente en la casa? —preguntó Federico de inmediato, con una dicha radiante, mientras se abría paso entre ellas hacia la entrada, más oscura, sin apenas luz—. ¡Mamá, papá, que he vuelto! ¿¡Estáis aquí!?

Federico avanzaba y avizoraba mientras no paraba de llamar a sus padres una y otra vez. Encendió la luz del velón de Lucena del recibidor, junto a la mecedora.

De allí, se asomó al comedor, se giró, caminó hacia la cocina, donde echó otro vistazo con premura, y subió cuatro escalones de la escalera principal para gritar a sus padres, elevando su cabeza hacia el piso superior. Su voz retumbaba entre aquella oscuridad que aumentaba en las escaleras. Las mujeres permanecían en la entrada del salón principal, intuyendo su silueta entre aquellas sombras.

—Federico. No busques —respondió Dolores, la Conjuradora—. Lo siento. Tus padres no están. Huyeron a tu Nueva York tras tu asesinato para no regresar jamás. No puedo devolvértelos.

En la oscuridad, escucharon sus pasos descender los escalones y aproximarse a ellas. Poco a poco, la luz iluminaba su cuerpo y su cara. La expresión de su rostro había cambiado. La mirada de Federico pasó de estar al borde de las lágrimas a la contención. Se forzó en marcar una sonrisa ante ellas.

—No importa, Dolores, mi Conjuradora... No importa. Esto es más de lo que siempre soñé.

—¿Los muertos no os veis en el más allá? —preguntó.

Federico meditó.

—No siempre como uno quiere. No es la realidad de las nubes en el cielo..., pero que yo no haya alcanzado las nubes no quiere decir que no existan. Por un rato he creído que había vuelto a la vida, ¡seré ingenuo...!

—¿Podemos devolverle a la vida para siempre, Dolores? Murió joven, que se quedase aquí sería lo justo —declaró Belisa, ante la negación de la Conjuradora.

—Dejemos las melancolías. Es solo que tengo una emoción tan honda que me tiemblan los ojos. Estamos aquí y ahora, así que aprovechemos el instante —espetó Federico, cambiando su tono de voz a otro más jubiloso—. ¡Estoy con vosotras! ¡Qué alegrón me dais! A Luigi Pirandello sus personajes lo buscaron antes. Habéis tardado en llamarme, ¿eh? Contadme, ¿de quién fue la idea?

—Fue ella —respondió Belisa, levantando su dedo para señalar.

Federico se aproximó hacia la persona que le indicaba.

—No me digas tu nombre... —declaró, mientras sostenía sus manos entre las suyas y cruzaban sus ojos—. Esa mirada de bondad no puede ser de otra persona que tú. Ya no eres mi Rosita, ya eres Rosa... Siento lo que te hice, pero, por entonces, la vida de cientos de mujeres desconocidas y también de otras cercanas a mi vida era así.

—Bueno, muchacho, lo hecho, hecho está. No hagamos un drama. Ella, Rosita, fue la que nos convocó, pero escúchame. La que te ha identificado ahí fuera por la música, porque todas estaban ronca que te ronca..., ¡he sido yo!

Él arrugó el entrecejo y mostró una sonrisa de asombro.

—Con ese desparpajo y esa flor en el cabello, tú solo puedes ser mi Zapatera.

—¡*Anda jaleo* aparece en mi obra! ¿Lo recuerdas?

—¡Cómo olvidarlo! Y tú... —comentó, pensativo, mientras se acercaba a otra de ellas—, con esta corona de flores tan maravillosa y con ese perfume, debes ser Novia. Eres tal como imaginé.

Ella sonrió, pero, enseguida, aprovechó la ocasión.

—Sí, y quiero hablar contigo porque me dejaste sin rumbo ni camino...

—Y a mí sin vida —dijo otra desde el fondo de la sala.

Federico buscó con la mirada aquella voz.

—Mi Yerma..., eres tú —comprobó, a la vez que desplazaba sus ojos a su derecha para identificar a otra mujer—. Y tú, querida Marianita.

Se generó una pausa de reconocimiento mutuo donde sobraban las palabras hasta que Belisa y la Novia fueron empujadas por una María Josefa recién despierta, que se abría paso entre ellas. La anciana se acercó a Federico, lo examinó muy pensativa, levantó su delgado brazo y acarició la mejilla del escritor lentamente con su fina y arrugada mano.

—Hueles a dama de noche y a jazmín, pero también a brisa de mar y a pergamino de luna. Tu cuerpo es frío, pero tu alma es fuego. Por fuera eres ola, pero tu interior tiembla como un caballito de mar, y tu sueño viene en un velero. ¿Es así? Yo sabía que vendrías, Federico... Yo sabía que mi amor vendría de la luna —aquel tono onírico de la anciana se rompió abruptamente con una mirada seria—. Yo quiero mi mantilla y mi anillo, y mi gargantilla de perlas y mi traje negro de moaré. Y tú, Federico, tienes que cambiarte esta ropa que traes de viaje y ponerte guapo como buen mozo. —Lo miró fijamente y cambió su tono de voz a otro más dulce—. Tenemos que casarnos, recuerda...

AMOR

Federico puso los ojos como platos y soltó una carcajada.

—Por supuesto, ¡cómo no voy a casarme contigo! Y perdona mi ropa, pero este pantalón, esta corbata deshecha, esa americana y esta camisa es lo que llevaba puesto cuando... —frenó en seco su explicación, sin querer recordar—. No te preocupes, que me preparo de lo más bonito para ti.

La anciana sonrió, volvió a acariciar su rostro y regresó al jardín para cantarle a la luna una nana. Cuando se abrió paso y desapareció por la puerta verde, Federico se percató de un grupo al que aún no se había dirigido y que permanecía algo más retraído. Pronunció sus nombres mientras descansaba sus ojos en cada una.

—Poncia, Criada...

—A su servicio —respondió Poncia mientras Criada bajaba la mirada.

Federico hizo un gesto de afecto y continuó con su recorrido.

—Angustias, Martirio, Magdalena, Amelia... Y este vestido verde solo puede ser de mi Adela...

La joven asintió y, de allí, Federico desplazó su visión hacia la esquina donde descansaba ella, de pie, sobre su bastón.

—Hola, Bernarda.

La madre permaneció unos instantes con la mirada altiva y las manos aferradas al bastón hasta que decidió bajar los párpados con un leve descenso de su cabeza, para saludar.

—¿Puedo hacerle una pregunta? —lanzó Criada, mientras él avanzaba de nuevo hacia el piano—. Por lo que me ha leído la señorita Rosita, veo que es usted un poeta muy conocido por todo el mundo.

—No es para tanto —respondió él con falsa modestia y con un gesto de mano evasivo.

—Sí, sí lo es. Mucha gente le adora. Quería saber cómo dirigirnos a usted, ¿Federico o García Lorca?

—¡Qué buena pregunta, querida! Un día se lo dije por carta a mi amigo José María Chacón y Calvo. Me produce un efecto muy frío cuando me llaman por el apellido. Yo soy Federico, pero no soy Lorca. Y ahora, también lo prefiero así, que es como me llamaban en casa. Me dio pavor el día que vi mi nombre y apellido en la calle en Madrid. Era como si dejara de ser yo. Y por eso, que me digáis Federico, es lo más íntimo que tengo. —Hizo una pausa de silencio mientras se iluminaban de nuevo sus ojos, al observarlas a cada una de ellas—. ¡No me puedo creer que esté aquí con vosotras! Con tantos recuerdos... ¡He vuelto a mi huerta, en verano!

—Un 18 de agosto..., por eso he podido traerte, Federico.

Los ojos del poeta se humedecieron en cuanto escuchó cuál era la fecha exacta.

—¿Quieres ver la casa y nos cuentas cómo vivías aquí? —propuso la Zapatera.

—Ay, no os quiero aburrir hablando de mí. No os quiero dar la lata...

—Federico, que te mueres de ganas... —matizó la Zapatera.

—Un poquito sí, la verdad... —confesó con una sonrisa mientras daba los primeros pasos—. Empiezo por aquí que, por cierto, ahora que lo veo, este no era el suelo que elegimos.

Federico avanzó hacia la estancia del piano, reparando en algunos objetos nuevos que decoraban el espacio y que no estaban cuando él huyó de la vivienda. En el salón explicó que allí pasaba horas y horas con sus amigos Manuel de Falla, Manuel Ángeles Ortiz o Miguel Pizarro, y que el piano, al principio, estaba en el mismo recibidor. Reparó en los títulos de maestra de su madre y en los de él, con su aprobado en bachillerato; en los dibujos de la pared del figurín de Barbero, Pancracio o Leonarda, y luego en los telones de los títeres de cachiporra. De allí pasó a la entrada, donde levantó la tapa del arcón con curiosidad para luego comentar que en el diván tenía una foto con su madre, Vicenta, a quien debía su nombre la huerta. Sobre ella había dejado su americana al llegar, que ahora doblaba con cuidado. Se asomó a la puerta verde abierta.

—Las vistas desde mi casa eran bonitísimas, con Granada a nuestros pies, no como ahora —dijo con cierta nostalgia.

Antes de avanzar, se paró en el espejo con marco *art decó* de la entrada, se retocó un poco el cabello y se dejó caer unos segundos en la mecedora con una sonrisa casi infantil y, con tanto ímpetu, que casi se cae hacia atrás. Mirando a su izquierda, explicó que la foto de la pared se la habían tomado a su hermana Conchita durante el concurso de cante jondo, y le dio un par de veces al interruptor del velón de Lucena para provocar haces de luz intermitentes, cambiando su tono de voz por una más tremebunda que decía: «Soy la muerte». La Zapatera protestó por aquella broma y él respondió con una carcajada. Ya en el comedor comentó que aquello había sido una cochera que la familia adaptó para convertirla en ese nuevo espacio, de ahí los

forjados de madera del techo. Se preguntó en voz alta dónde estaba la chimenea del salón, y ellas le respondieron que ahora estaba en la cocina, a lo que reaccionó con una mueca extraña y confesó que rara vez la usaban, por ser la casa de verano.

En aquel comedor, Federico entró en una efusión de recuerdos, caminando hacia la pequeña abertura que comunicaba la estancia con la cocina y confesando los sustos que daba siempre a la familia a través de ese pasaplatos. Las mujeres lo miraban embobadas, abrumadas por tantas anécdotas del pasado, hasta que Belisa preguntó por el gramófono, al que Federico se dirigió emocionado. Buscó, acelerado, el primer disco de pizarra que estaba en la mesita, con la certeza de que sería el que deseaba. Lo colocó, apoyó la púa con delicadeza sobre él y cerró los ojos. De los surcos comenzó a emanar la música de Bach, a la par que él movía sus manos al compás. Llamó la atención de la Novia para confesarle que en aquella Cantata BWV 140 estaba la inspiración de la luna y del bosque de *Bodas de Sangre*. Federico se dejó arrastrar por la música, avanzando unos pasos casi flotando, y agarró de la cintura a la Zapatera para bailar por el comedor con ella. En aquel desplazamiento, entre sonrisas de todas, tropezaron con la mesa pequeña donde descansaba el jarrón de cristal con la rosa *mutabile*. Federico, absorto y sorprendido por nuevos recuerdos, soltó de la mano a la Zapatera y recogió del suelo uno de los pétalos caídos.

—La rosa que marca el tiempo, el que ya no vuelve... Este tapete de bolillos era de mi madre... —añadió como si estuviera viéndola tejer en ese mismo momento.

De allí, Federico se asomó a la cocina, a la que dedicó un vistazo cuidadoso cargado de nostalgia. Narró cómo fue la llegada de aquella hornilla, de las más modernas en Granada, y manifestó su sorpresa porque ahora había un grifo de agua, no como antaño, cuando debían traer el agua con animales y almacenarla. Cuando salió de la cocina comentó las travesuras a las que a veces jugaba en el hueco de la escalera y, de allí, emprendió, de nuevo, el camino de regreso al salón principal.

—¿No sube a su habitación, Federico? —le interrumpió la Poncia.

Se giró hacia ellas, que notaron un cambio en su semblante. Primero, negó con la cabeza. Después, entreabrió sus labios para intentar pronunciar algunas palabras, pero emitió un profundo suspiro. Inspiró aire antes de hablar, como si intentara poner orden o contención a sus emociones, desplegó sus penetrantes ojos como si viajara en el tiempo y frunció su boca.

—No quiero arañar las llaguitas que tengo aquí debajo. Ahora mismito, el corazón se me va a salir y no sé cómo agarrarlo. Ese dormitorio... me revuelve, y no —confesó, agitando sus manos en el aire y negando con los ojos cerrados, para luego abrirlos, con una voz de marcada indignación—. Era mi refugio, donde más era yo, lejos de todas las miradas. En él tuve mis últimas pesadillas, como las de aquellas mujeres de luto, que me robaron mis últimos sueños. Jamás pude volver a soñar. Yo era escritor y me mataron. No fue solo que me quitaran la vida, es que anularon mi razón de vivir. Escribir era mi alma. Ahí arriba está la mesa de donde nunca quise haberme levantado aquel verano... —volvió a cerrar los ojos y su semblante se dulcificó, como en un viaje a un pasado interno donde recuperaba sensaciones—. En días como hoy, cuando no sabía que mi vida acabaría, subía esas escaleras y yo no dormía. Abría mi balcón, por donde entraba el fresco y el aroma de las flores, y me poseía la escritura hasta la llegada de la luz, con la que me desvanecía en la cama. En ocasiones, venía alguna lluvia de verano cuyo petricor me inspiraba como no podéis imaginar. Pagaría ahora mismo por una de esas lluvias de agosto que me purificaba y por volver a escribir. Y cuando me desvelaba en la cama, a veces sorprendía a mi hermana pequeña leyendo lo que había escrito por la noche.

—¿Y le gustaba lo que escribías? —preguntó Rosita, curiosa.

—Ella me respondía que sí, pero que no sabía por qué, y yo siempre le decía: «Basta y sobra, como te puede gustar un cuadro, una música, un paisaje». En esta casa he pasado momentos turbulentos y de angustia, pero también muchos momentos maravillosos con mis hermanos, comiendo fruta y cantando en el columpio. No quiero olvidarlos. Le dije un día a mi Sebastià Gasch que a veces hacía tantas tonterías en esta casa de verano que me daba vergüenza a mi edad. Ahora lo pienso, después de lo que me sucedió, y estoy feliz por haber aprovechado esos instantes en los que saqué a mi niño de dentro.

—A mí me hubiese encantado volver a ser niña para empezar mi vida de cero y haber decidido trabajar como ahora hacen las mujeres modernas —confesó Criada, que reaccionó quejosa ante un codazo de la Poncia.

—¡Las mujeres pobres como tú y yo no podemos pensar en otro trabajo! —la reprendió.

—¿Quién dice que no? Que sí, que ahora se puede, ¿verdad, Federico? Necesitaría otro nombre para eso, Federico, porque tú no me pusiste nombre.

—Tienes toda la razón. ¿Sabes por qué? Porque lo peor de la burguesía era que ni se preocupaba por saber el nombre de su servicio. ¿Cuál te gustaría tener?

—María, como mi madre —pronunció ella, con ilusión.

—Oiga, que yo tampoco tengo nombre —recalcó la Zapatera—. Yo quiero llamarme Rocío.

—Tenéis toda la razón. Pues que así sea, vuestros nombres son desde ahora mismo —zanjó Federico—. Y ahora que ya has elegido por ti misma, María, dime, ¿en qué te hubiese gustado trabajar?

—En una biblioteca de esas sobre las que usted habla, ¡rodeada de libros que poder leer sin parar!

Las hijas de Bernarda tuvieron que contener las risas ante la mirada recriminatoria de Federico.

—Yo hubiese querido trabajar de maestra, dando clases a niños y a niñas del pueblo —culminó Yerma.

—Y yo, actriz —desveló Rosita—. ¿Os imagináis que yo hubiese sido tan famosa que mi primo hubiese visto mi nombre en letras grandes en un teatro de Argentina?

Federico las miraba extasiado mientras ellas perdían el pudor y se lanzaban a revelar secretos sobre qué hubiesen elegido ser en otros tiempos. Mariana deseaba ahora ser política para luchar por la libertad y la independencia de la mujer, Poncia hubiese querido tener una tienda de comestibles, a Novia le atraía haberse dedicado al cuidado de animales, Conjuradora quería ser doctora o enfermera; Adela, bailarina; Belisa, peluquera; Angustias, modista, mientras que Martirio y Magdalena no lo tenían del todo claro.

—¿Y tú hubieses elegido otra profesión, Federico?

Él negó con la cabeza varias veces, tajante.

—De ninguna manera. Yo siempre le decía a mi familia que yo nací poeta, como el que nace cojo o ciego. Y si no me hubiesen dejado, me habrían dado un golpe de muerte. Vosotras sabéis cuál es ese sentimiento.

Amelia, por sorpresa, confesó que quizás fuera una locura, pero que su deseo era viajar a las estrellas. Todas se rieron de ella, pero enmudecieron alucinadas cuando Federico respondió que, hoy día, había mujeres que salían al espacio y estudiaban las estrellas y los planetas. Ellas reaccionaron asombradas, y él se quedó unos minutos complaciente y feliz mientras observaba cómo se intercambiaban opiniones e imaginaban cómo hubiesen evolucionado de haber sido mujeres más allá de su destino escrito. Verlas interactuar con iniciativa y decisión propia le hacía sentirse orgulloso. Al fin

y al cabo, era lo más parecido a lo que puede sentir un padre que ha visto a sus hijas crecer.

—Es el colmo de los regalos estar esta noche aquí, donde, además, creé en mi mente a tantas de vosotras. Cuando erais tan pequeñitas que no sabía cómo terminaría vuestra historia —declaró Federico.

Adela caminó unos pasos, lo que hizo que todas y el propio Federico centraran la atención en ella.

—En esta casa noto alegría, pero, sobre todo, percibo lágrimas y una fuerte sensación de miedo y terror...

Él asintió y su piel revivió algunos de aquellos recuerdos imposibles de olvidar.

—En esta casa había alegría porque yo siempre le decía a papá que la vida y el mundo hay que verlos con ojos claros y llenos de optimismo. Pero lo que ocurrió fue tan horrible... Un terror paralizante, de no saber hacia dónde ir ni qué hacer para salvarte... Nunca pensé que saldría de aquí para jamás volver. No sé cuánto tiempo nos queda esta noche, pero imagino que, en algún momento, desapareceremos como las estrellas y la luna —reconoció mientras se acercaba para retirar las cortinas blancas y abrir la ventana del salón principal.

Federico contempló durante unos segundos aquel jardín oscuro, que hizo que reflotaran en su cabeza cientos de escenas compartidas con los suyos, bajo aquel nogal o aquella acacia. Cerró los ojos y casi pudo sentir su aroma, sus voces, sus risas y aquellas últimas conversaciones casi clandestinas, en clave o en silencio. Inspiró fuerte el olor a dama de noche y a jazmín y abrió los ojos hacia el cielo.

«Las estrellas
no tienen novio.
¡Tan bonitas
como son las estrellas!
[...]

Pero aguardad, muchachas,
que cuando yo me muera
os raptaré una a una
en mi jaca de niebla.»

—Qué bien recita usted, señor —exclamó la criada María, entre sollozos—. Me hace usted casi llorar...

Federico se giró y le devolvió una sonrisa.

—¿Nos cuentas a cuáles de nosotras nos pensaste aquí? —preguntó Rosita.

—Faltaría más —respondió un Federico con un tono de voz más alegre, que caminó para sentarse en el piano de nuevo y darse la vuelta hacia la ventana, por donde entraba el fresco de la noche.

Todas lo rodearon. Rosita, Belisa, Zapatera, Novia, Yerma y Conjuradora, sentadas en el suelo. Criada se sumó a ellas, de rodillas, y Poncia permaneció de pie bajo el dintel de la puerta, al lado de Bernarda. Las hijas cogieron las sillas Thonet de esterilla que había en las esquinas de la zona del piano, todas menos Magdalena, que se sumó al grupo que estaba en el suelo. Y Mariana se sentó en el banco de esterilla y hierro que había pegado a la pared, al lado de una mesa de té decorada.

—¿Pensaste en mí? —preguntó Rosita, emocionada.

—Así es. En 1934 terminé la última escena de *Yerma* y empecé a pensar en ti y tu historia. También trabajé aquí *Bodas de Sangre*, Novia..., y a veces os tenía que dejar porque me iba con mi Barraca.

—¿La Barraca? —preguntó Mariana— ¿Otra protagonista? Pero esa no ha venido...

Federico soltó una carcajada.

—¿No sabéis qué era La Barraca?

—Nosotras sí, lo hemos visto en tu dormitorio y Rosita nos ha contado, pero ellas no estaban... —matizó Belisa.

—¡Lo que yo daría por volver un día a La Barraca y montar escenarios y pensar en la escena y dirigir una obra, aunque fuera pequeñita pequeñita y de cuatro líneas! Iba con un grupo maravilloso de mujeres y hombres por España, llevando a los pueblos obras de teatro de clásicos españoles. Y me daban igual las críticas y que nos quitaran ayudas. Íbamos a seguir representando, bajando al fango, sin traje ni decorado, aunque representáramos en cuevas.

—Pero ¿qué es el teatro? —preguntó Criada.

—Vosotras, vosotras sois teatro. Yo os usé para dar vida a las historias de muchas mujeres de este país. Vuestros personajes dieron voz a muchas mujeres silenciadas. Miles en todo el mundo han leído vuestras vivencias, se han vestido y pensado como vosotras y han subido a escenarios de todo el mundo para contar lo que habéis padecido.

Ellas enmudecieron. Federico aprovechó para desvelar a algunas de ellas el origen de sus historias. Novia descubrió que aún había enlaces concertados y obligados, y que su historia estaba inspirada en el crimen de Níjar de 1928. Les contó que leyó en la prensa cómo Francisca Cañadas, en una tarde noche de verano, huyó en la víspera de su boda con otro hombre que no era su novio, pero a quien realmente amaba, su primo hermano. Bernarda escuchó que parte de su historia y de la de sus hijas era fruto de las vivencias de Francisca Alba Sierra, que compartía pozo con su tía Matilde. También que algunas de sus hijas fueron inspiración y que a otras se las inventó, como a Adela, aunque su vestido verde era el mismo que el de su prima Clotilde, que solo podía lucirlo delante de las gallinas del corral porque la familia estaba de luto. Confesó que había una persona real tras el personaje de Pepe el Romano y que en aquella historia aparecían dos familiares lejanos suyos que más tarde fueron cómplices de su muerte. Rosita se sorprendió cuando conoció que esa prima Clotilde sufrió en carne propia la historia con su primo. Y Yerma descubrió que Federico se dejó embaucar por la romería de Moclín, de otras historias de maternidades no alcanzadas o de los paseos en la fuente La Carruca. También que, cuando su obra se estrenó, en el teatro se escucharon gritos de «maricón» y «tortillera» dirigidos contra él y su actriz preferida, Margarita Xirgu. Y que, al día siguiente, la prensa más conservadora del país arremetió contra él, escandalizada.

Federico reparó en su guitarra, al fondo de la estancia, y pidió a Angustias que se la acercara. Con el instrumento ya en sus manos, acarició aquel regalo de su tía Isabel que tenía en su interior unos detalles en madera de chopo, uno de los árboles más simbólicos de su vida. Confesó que alguna vez llegó a sentir, incluso, que los chopos decían su nombre, y también que su madre le escondía a veces la guitarra, desesperada porque él no paraba de tocarla. Y ahí, por impulso, situó sus dedos para entonar los primeros acordes de *Homenaje a Debussy* de su amigo Manuel de Falla. Cuando terminó de tocarla, todas irrumpieron en un aplauso, aunque las hijas de Bernarda tardaron en sumarse, pendientes de cómo reaccionaba su madre.

—Yo aplaudo, pero espero una respuesta a lo que hemos venido aquí todas. Y el tiempo pasa —irrumpió Bernarda, antes de que sonaran las últimas palmadas.

Federico la miró desconcertado y paseó los ojos entre las demás mujeres por si alguna le daba respuesta.

—Dejemos de hablar de mí. Os quiero escuchar. ¿Qué queréis?

Se hizo una pausa que, al final, solo rompió Rosita.

—No queremos esta vida de mujer.

Federico suspiró antes de responder, con desaliento:

—Qué es sino la vida de tantas mujeres, que una tragedia.

—Mi vida no fue una tragedia... —puntualizó Zapatera.

—¿Estás segura de ello con todo lo que dijo el pueblo de ti por ser mujer? —replicó Federico, provocando una reflexión interna en ella.

—Pero hoy nuestras vidas no serían así. Sabemos que hoy las mujeres no viven como nosotras... —subrayó Novia.

—¿Todas las mujeres? Hay avances, así es, pero...

—Quiero decir que hoy nuestro futuro sería diferente, ¿no? —preguntó Novia, ansiosa.

Federico, abrumado por la cuestión, se tomó unos segundos para ordenar su pensamiento mientras dejaba la guitarra en la mesa.

—Por supuesto que hay avances, pero la realidad no es tan sencilla. Ya había algunos pasos cuando os escribí. Mariana, aunque tú bordaste aquella bandera para complacer a don Pedro, te hubiese encantado conocer a una mujer que se llamaba Clara Campoamor, que luchó para que las mujeres pudiesen votar. Pero tras la guerra llegó una dictadura cruel que anuló la libertad y revocó todos vuestros derechos. No os imagináis a la cantidad de mujeres que torturaron, algunas madres o esposas de hijos o maridos con compromiso político, mujeres a las que rapaban y violaban y humillaban y fusilaban. Y, luego, un destino de silencio y sin reparación. Cuando aquella etapa gris pasó, ellas volvieron a pelear por recuperar sus derechos y conseguir otros nuevos.

—¿Cuáles? —indagó Mariana.

—El derecho al divorcio, por ejemplo. Mujeres y hombres de este país pueden separarse sin mantener vínculo alguno, para siempre, sin manchar el honor de nadie.

—¿Cómo? ¿Que yo hoy podría dejar a Juan sin problemas y no verlo más? —preguntó Yerma, asombrada.

—¡Por supuesto! Y tener propiedades. Y podrías haber tenido un amante, porque tampoco es ya un delito de adulterio.

—¡Pues mi vida sería muy diferente así! —gritó Belisa, entre las risas de todas y la estupefacción general.

—Y más cosas aún, como no tener que pedir permiso a los padres o a los maridos para abrir una cuenta o conducir un coche.

—Federico, tú nos cuentas antes esto y te digo que me reescribas el libro entero —confesó Yerma, ante la carcajada de las demás.

En el salón se organizó un alboroto entre todas ellas, intercambiando opiniones, lanzando conjeturas sobre sus vidas, quejas y reclamaciones.

—Pero, entonces, ¿por qué has dicho antes que no todas las mujeres están bien? —preguntó Yerma, elevando su pregunta entre las voces de las demás.

—Porque una cosa son las leyes y otra cosa son las mentes cerradas que están por todos lados. Es muy probable, Rosita, que tú hoy decidieras ser una mujer soltera sin estigma alguno porque es una opción más de vida, pero a la misma vez cierta parte de la sociedad seguiría haciendo alguna que otra burla sobre tu elección que a los hombres solteros apenas le harían, porque aún perdura parte de esa sociedad putrefacta. Tú, Yerma, aprenderías hoy que se puede ser mujer sin ser madre, pero quizás te habrían educado para que ese fuera tu único fin en la vida y a lo mejor serías capaz de entregar tu vida para poder serlo. Novia, podrías haberte ido con Leonardo, pero mucha gente te hubiese calumniado y señalado con el dedo y, aún hoy, en lugares no lejanos, se siguen concertando matrimonios, como también lo fueron el de Belisa o el de Zapatera. Todavía hay niñas a las que obligan no solo a casarse con jóvenes a los que no quieren, sino con hombres ya mayores y ancianos, que las agreden y violan para garantizar su descendencia. Quizás los avances estén recogidos en un papel, pero en la vida real no todas disfrutan de la misma libertad, aunque estén en una sociedad que les dice que lo son. Aún hoy son tantas las partes del mundo donde la mujer sigue siendo explotada y tratada como a una esclava, en la casa y fuera de ella... Y aún hoy, en esas casas próximas y tras esas paredes no tan lejanas a estas, hay mujeres muertas de miedo, sometidas por hombres que no merecen ser calificados con esa palabra.

Todas se abstuvieron de hablar, intentando comprender cómo toda la información de aquella reflexión impactaba en sus vidas.

—No me equivoqué cuando dije que hay cosas encerradas detrás de los muros que no pueden cambiar porque nadie las oye. La vida de muchas mujeres es eso —sentenció Yerma—. Pero ¿cómo podemos romper las normas? Con tu texto estamos atadas de pies y manos. ¿Cómo se enfrentan las mujeres reales al mundo que les ha tocado vivir?

Bernarda rompió el silencio.

—No callándose.

—Ni que fuera tan fácil. Lo dirá por usted... —espetó Magdalena mirando a su madre.

—Dejad de lanzarme vuestro veneno. Ya me he explicado —ordenó Bernarda.

Federico pensó en Bernarda cuando la creó, en sus referencias y en lo que pretendía sacar de ella. Decidió mediar para relajar la tensión.

—No la castiguéis demasiado... Ella misma sabe que es resultado de aquella España de luz que se volvió oscura. Vuestra madre no es más que el reflejo de la España inquisitorial y mandataria, que aún queda y crece. Recuerdo un día que iba con un amigo que se llamaba Dalí y dos amigas, Maruja Mallo y Margarita Manso. Estábamos en la plaza principal de la capital, en Madrid, y se nos ocurrió quitarnos el sombrero. Recibimos un ataque brutal de la gente a nuestro paso, por desafiar aquella norma. Sobre todo, ellas.

—¿Y por qué no desafiaste tú a quienes vinieron en tu busca? —cuestionó Poncia.

Federico respiró profundamente, y antes de responder, fue interrumpido.

—Usted no puede darnos lo que queremos —sentenció Bernarda—. Niñas, os advertí que esto no serviría de nada. Yo no os quiero amargar la vida, solo pretendo que no os llevéis decepciones. Él no sabe lo que es soportar nuestra cruz. No tiene pendiente ninguna cuenta.

—Cierto, no fui mujer y seguro que de haberlo sido mi nombre no habría brillado tanto como hasta ahora. Fui hombre y eso me abrió puertas. Pero lo otro... Imaginad las cuentas que dejé sin ajustar yo, que fui fusilado y mi nombre callado. Y conmigo el de miles de hombres y mujeres y niños y niñas de este país. Dicen que quien siempre ajusta cuentas es el tiempo, pero no es verdad.

Bernarda suspiró y llevó su vista hacia el suelo, intentando morderse la lengua ante un argumento que le era difícil rebatir. En aquel silencio y cruce de miradas, Rosita quería tener más respuestas.

—¿Por qué nos hiciste así? Me refiero a que todas hemos sufrido. A todas nos asignaste un amor que nos hizo llorar. Y yo creo que el amor, si es así, no hace llorar.

—Yo, desde entonces, ando vagabunda y sin apenas rumbo. Solo aquí, con ellas, he vuelto a sentirme anclada a la vida —confesó Novia a Federico.

—Es que el amor es parte de la vida. Cuando llega, nada ni nadie puede impedirlo.

—Que me lo digan a mí, que no temí ni a la muerte —marcó Adela, con una mirada de desafío a Bernarda y luego a Federico, quien aprovechó para responder.

—Siempre has sido tan diferente a mí en eso, Adela. O tú misma, Mariana, que no te asustaba la muerte, porque cuando llegaste ante ella ya estabas muerta. Yo, en cambio, tenía un miedo tremendo a la parca y, al final, jamás pensé que la mía sería como ocurrió.

—A veces creo que todas hemos sufrido mucho por amor porque tú también debiste padecerlo, Federico —señaló Rosita.

—Es fácil escribir sobre sentimientos que nunca se soportaron. Él no tuvo que querer en secreto, como yo o Belisa —añadió Novia, con cierto retintín.

Federico enarcó las cejas y esbozó una suave sonrisa antes de responder.

—Yo no quise. Yo amé. Yo amé profundamente. Como no he amado a nadie. Yo amé con mis entrañas, con mi corazón mutilado y con un nudo en la garganta por no poder gritarlo. He temblado como un caballito de mar cuando veía su figura. Se me ha acelerado el pulso al escuchar su voz. He escrito cartas con temor a ser rechazado, como así ha sido. He llorado. Mucho. Y he amado en silencio, siempre, como si la elección de mi amor fuera una vergüenza que solo se pudiera deshacer a escondidas. El amor no pide permisos ni tiene barreras. He vivido en una cárcel de sentimientos porque no podía mostrarlos. Y ahora me pregunto, ¿para qué? ¿Por qué eché la llave a tantos te quieros que solo fui capaz de reflejar en poemas y que, quizás, ni entendería esa persona a quien yo quería? Sé lo que es amar con toda entrega, hasta vaciarme por dentro, y no ser correspondido... Y aún no sé de qué sirve querer cuando no te quieren.

Todas guardaron un solemne silencio, intuyendo que las palabras del escritor escondían una realidad más oculta que la que estaba compartiendo con ellas.

—Yo aprendí que no hay que sacrificarse por el amor salvo a una misma. Y cuando lo hice ya era tarde. Esperar cuando no hay amor solo lleva a decepciones

Solo el misterio
nos hace vivir
Solo el misterio.

profundas, como fue la mía con don Pedro. Acabé completamente abandonada. Él estaba por encima de mi amor a la libertad incluso, que fue más una excusa para estar cerca de él —remarcó Mariana.

—Libertad, libertad..., qué palabra más grande para quienes la pronuncian sin ni siquiera conocer su verdadera dimensión ni lo que es dar la vida por ella. Querida Mariana, tú decías: «¡Qué silencio el de Granada! Hay puesta en mí una mirada fija, detrás del balcón». Yo sentí luego la carga de esas miradas, que me pesaban como montañas más grandes que Sierra Nevada sobre mi espalda. Nunca pensé que te comprendería tanto, Mariana. Minutos antes de que me fusilaran... pensé tanto en ti. Porque cuando las cosas se tornan difíciles nadie te salva, nadie valora el amor entregado ni la lealtad dada, ni en las personas ni en la política. Amar corazones y amar ideales, como nosotros hicimos, nos arrastró hasta la tumba.

Mariana estrechó sus manos, apretando en ellas su bandera, y la llevó a su corazón, agradeciendo a Federico aquella correspondencia.

—Yo reconozco que solo me han salvado los sueños —compartió Rosita.

Aquella frase despertó un eco interior de reflexión en Federico.

—Hay vidas que son sueño..., como cuando crees ver nubes en el cielo y, al final, son solo volutas de humo de una chimenea. Los sueños nos salvan de las ataduras y los agobios. Los sueños son esperanza y van sobre el tiempo. Por eso yo no os puedo robar la idea de que podréis tener otras vidas y otros deseos.

—¿Cómo se consigue eso sin ti? —cuestionó Belisa—. ¿Tú te enfadas si te pedimos otro destino para nuestras vidas?

—No, de ninguna manera podría enfadarme porque sé lo que es desear llevar un rumbo distinto del previsto. Yo le pedí a mi padre que me dejara mis alas bien puestas para poder volar. Y sé bien que mi padre quería protegerme y que habrá sido un calvario para él mi final. Que habrá pensado que, de haber estudiado derecho, jamás habría tenido este final tan dramático no solo para mí, sino para ellos también. Pero, entonces, habría sido siempre un ser mustio, gris, sin rumbo y sin conocer la alegría. Y, al fin y al cabo, mi vida también habría sido muerte. De otra forma, pero muerte. Yo, si de verdad puedo, quiero daros las alas necesarias para que voléis y seáis felices. Como yo lo fui algunos instantes de mi vida.

Yerma lo miró, intrigada.

—Pero tú... ¿no has sido feliz siempre?

Federico hizo una mueca con los labios. Negó con pesadumbre y se llevó la mano al pecho.

—Yo he vivido conflictos de orden moral y peleas aquí dentro cuyas voces solo he escuchado yo, paralizado de miedo y de vergüenza. Y, aun así, con el tiempo que sana algunas heridas poco a poco, decidí que la alegría siempre debe ir primero, como una coraza, como un deber, como una forma de que las cosas feas no me vencieran. Pero es cierto que nadie puede ser siempre feliz, cada minuto, y aún menos cuando no puede ser libre ni para pensar ni para amar. Pasaba períodos de tiniebla donde estaba perdido con mi trabajo y mis amores, a veces apagado y tullido, a veces soportando la tortura de que nadie comprendiera mi forma de querer y de que esta sociedad la sentenciara como un pecado. No podía impedirlo, como no se puede evitar que brote el agua de un manantial. He tenido que dejar de amar cuando lo he sentido como un fuego que casi me convierte en ceniza, amargo y sin consuelo.

—A mí me tortura pensar qué hubiese sido de mi vida sin aquel final... —admitió Yerma.

—Y a mí qué hubiese ocurrido si no me hubiese fugado con Leonardo —confesó Novia—. Esas son nuestras angustias. Entiendo que tú no las sientas, pero es como una cárcel...

—Una cárcel de preguntas que te aprietan y te asfixian el pecho, que regresan una y otra vez a tu mente y te empequeñecen hasta que sientes que estás atado a la tierra sin poder moverte —interrumpió Federico, silenciando a todas—. Sé qué es esa sensación, por eso la volcaba en vosotras. Yo tuve muchas preguntas que no podré llegar a responder... ¿Qué habría sido de mi vida si no hubiese cogido aquel tren hacia Granada? ¿Qué habría sido de mi vida si hubiese huido lo más lejos posible y gritado el nombre del hombre al que amaba sin importarme nada ni nadie?

Se miraron entre ellas conmovidas y entendieron su angustia constante, a pesar de su esfuerzo por trasladar alegría. Federico dejó de hacerse preguntas que le llevaban las lágrimas al borde de los ojos. Caminó hacia la ventana para tomar aire y desde allí vio cómo María Josefa pasaba por el jardín enfrascada en una danza onírica bajo la luna, que apuraba sus últimas horas.

—Al final poco podemos hacer —manifestó Bernarda.

—Ya hemos hecho —respondió Rosita, rotunda—. Usted ya no es la misma, Bernarda, aunque lo quiera aparentar. Hemos cambiado, porque hemos hablado entre nosotras y reflexionado. Me alivia pensar que podría haber tenido otra vida de haberla vivido ahora, o incluso que quizás pueda hacerlo. Ahora soy diferente a como llegué. Y tengo mi conciencia tranquila. Yo amé, no decepcioné, no traicioné. Y sé que otras mujeres caminan a mi lado. No podemos cambiar nuestros días en una sola noche ni exigir a Federico lo que ya no puede hacer. El tiempo se agota, ya no quedan pétalos en la rosa y la luna y las estrellas pronto se perderán tras las nubes que se acercan para dar paso al día. Tenemos que terminar este viaje.

—Un adiós a nosotras mismas —matizó Adela.

—Yo vine a Granada la última vez, para morir —dijo Federico, algo absorto, como si tomara conciencia cruda de su realidad—. Luego, cada uno hace su viaje interior. Si hoy fuera la última vez, que, de hecho, lo es, intentaría gritar todo lo que llevo dentro y que nunca dije, despedirme de quien quería e irme en paz. Sacarme todas las espinas que llevo dentro. Es lo único que podemos hacer. Pero ese único lo es todo.

—Pero esto ¿dónde nos deja a nosotras y a nuestras historias? —añadió Yerma.

Federico meditó.

—Una mujer llamada Virginia Woolf decía que las mujeres deben tener una habitación propia. Hoy, aquí, en mi huerta que ya es vuestra, esta habitación ha escuchado los primeros pasos de vuestra libertad. No sé si en el futuro podré hacer algo por vosotras, pero no quiero que sintáis que el destino que os ofrecí fue el de una vida vacía. Vosotras sois la voz de las mujeres de aquella España y de la de ahora, que no ha cambiado tanto. Vosotras sois la voz para que no haya más Rositas señaladas de solteronas, Adelas como mujeres sin honra, Belisas como amantes ocultas ni Bernardas angustiadas por el qué dirán, sino mujeres que explotan en libertad, libres de hacer y decir, de pensar, de responder, de andar, de elevar su cuerpo y mente a límites inimaginables. Y aunque los tiempos

O D A   A   W A L T   W H I T M A N

cambien, ¿sabéis por qué sois importantes? Porque explicáis el hoy y también el ayer, porque sois memoria. La gente es desagradecida. La gente olvida. La gente cree que todo es regalado. Y en vuestra voz residen las angustias y los anhelos, los porqués y los cómos, la vida amarga y caduca, los nudos en la garganta y las lágrimas estancadas, los suspiros entrecortados, las noches en vela y los días eternos. Vosotras sois memoria. Por eso os creé. Porque vuestra misión es que las vidas que representáis de la España más rancia, corrompida y putrefacta en el trato a la mujer, no se olvide jamás. Las mujeres mueren y las matan. Vosotras seréis eternas. Sed libres, incluso de mí. Saltad a otros libros, hablad con otros personajes, interpretad solo lo que os dije, pero desatad vuestro corazón de esta historia para imaginar otras vidas lejos del peso y de la culpa.

Todas mantenían una mezcla de emociones contenidas, una sensación extraña en su interior que les hacía creer. Y todas sabían que había que poner punto final a esta historia.

—Yo no quiero despedirme porque en las despedidas se dicen verdades, y a mí, abrir mi interior, me da vergüenza —se quejó Martirio, con voz apagada.

Federico la escuchó y la miró con ternura. Pensó unos segundos e hizo un chasquido con los dedos.

—¡Ya lo tengo! ¿Sabéis qué me encantaría? Veros interpretar. ¡Hagamos teatro! ¡Me muero por hacer teatro! —hizo un parón, dándose cuenta de su frase—.

Bueno, muerto ya estoy —expresó, con una carcajada explosiva—. Quiero decir que muchas veces esa vergüenza y timidez de contar lo más oculto que llevamos dentro se va de un plumazo cuando se interpreta. Quizás es lo que necesitáis.

—¿Cómo? Si yo no sé ni escribir ni leer —protestó Criada.

—Yo te ayudo, ¡ni te preocupes por eso! Vosotras aún tenéis muchas cosas que enseñarme.

—Pero si somos nosotras las que tenemos que aprender de ti —objetó Rosita.

—Para nada. Yo escribía cuando ya no podía aguantar más y tenía que dar expresión a los sentimientos que me sacudían. Yo he aprendido de todas vosotras, me habéis dado lecciones y habéis sido más fuertes que yo en vuestras circunstancias. De ti, Rosita, aprendí la paciencia de la espera; de Mariana, la valentía; de Belisa, el deseo; de Novia, el amor; de Yerma, la decisión... A veces me dolía tanto lo que sentía que recuerdo haberle dicho a Jorge Zalamea que yo siempre procuraba que mi estado nunca se descubriera entre las letras de mi poesía, porque eso era abrir lo más íntimo a quienes no deben verlo. Y para eso estabais vosotras, para gritar algunos sentimientos que yo no podía y para resistir cuando mi esperanza se diluía. Yo me quedé con las tremendas ganas de decir mucho antes de irme de este mundo. Imaginad qué os gustaría decir antes de marcharos... ¿Me dais el honor de dirigiros?

Ellas apenas pudieron responder cuando Federico ya dio un sí por hecho y empezó a dar órdenes. Solicitaba ayuda a manos abiertas, consciente de estar en una cuenta atrás. Pidió a todas que se preparasen para salir a escena. Ordenó a Bernarda y a sus hijas que buscaran maletas de su familia, que debían de estar en la planta de arriba, en un cuarto de trastos. Y que, si no había para todas, buscaran talegas o bolsos de tela del cuarto de su hermana Conchita. Él retiró un poco el mantel de caballos y flores negras y rojas que cubría la mesa del comedor. Del interior de un aparador, cogió un lápiz y unos folios, los dobló, puso la música de Bach y empezó a escribir. Las iba llamando a cada una por su nombre y ellas dejaban lo que estuvieran haciendo, se sentaban en una de las sillas de cuero, muy cerca de él, y respondían a las preguntas que les hacía. Algunas, algo retraídas, otras, emocionadas, otras con pudor, y otras muy directas y ágiles en sus respuestas. Con algunas, la entrevista era casi un confesionario especial, donde la empatía del escritor era extrema con sus sentimientos.

Cuando terminaban, cada una contribuía con su tarea. La Conjuradora salió al jardín en busca de algunas hierbas que él sugirió, porque ella sería parte fundamental de la obra. Rosita y Novia la acompañaron para buscar flores. Las hijas de Bernarda regresaron, advirtiendo que no había en casa nada de lo que él había indicado, ni siquiera en el dormitorio de Conchita. Federico se quedó un poco contrariado, pero reaccionó pronto y las invitó a que buscaran mantelerías en los aparadores del comedor. La Zapatera se dedicó a arreglar algunas de las telas y revisó con ayuda de Yerma que la ropa de todas estuviese perfecta. Belisa retocaba los cabellos y el maquillaje. Criada preparó unas infusiones y café turco, y Poncia organizó varias ollas con agua fría que él mismo le ordenó, mientras aprovechaba con sigilo para poner unas piñas dentro del horno y así poder comer piñones mientras veía la obra.

Federico, tras hablar con todas, se puso a escribir sin parar, como si una energía extraña se hubiese apoderado de él. Se levantó mientras revisaba los folios por encima, les echó un último vistazo y fue ordenándolos uno tras otro, con rapidez. De allí, con paso ágil, llamó a Poncia y Zapatera desde la entrada de la casa. Antes se acercó al piano del salón para soltar los folios y regresó a la entrada para insistir en la ayuda de las dos para arrastrar el arcón hacia el salón principal. Dispuso el arcón en el centro y, a sus pies, colocó dos cajas de madera que había en el cuarto de la escalera. Pidió que le ayudaran a traer sillas para crear una fila con cuatro asientos, entre el arcón y el piano, donde se sentaron Bernarda, Poncia, Angustias y Martirio, que se negaron a participar en la obra. Tras el arcón, Federico colocó las ollas de agua fresca que Poncia había preparado, y que permanecerían ocultas tras él. Delante del arcón situó la lámpara de pie de la habitación y cubrió la pantalla de esta con un paño, para que la luz supina emitiera un haz vertical que simulara un pasadizo.

Federico se acercó al espejo del recibidor para prepararse. A su lado, en el diván, estaba la americana plegada. Se anudó la corbata que llevaba suelta, en torno a su cuello, desde 1936. Tras él apareció Rosita, que le sonrió.

—¿Te puedo hacer una pregunta?

—Por supuesto, querida, aunque el tiempo apremia y esta corbata me va a ahogar.

Ella meditó si adornar aquella duda con otras palabras, pero, tras unos segundos de indecisión, se lanzó.

—¿Por qué te mataron?

Federico se quedó paralizado. Se giró hacia ella y calculó qué decir ante una cuestión que le dejaba sin palabras.

—Rosita... aún yo me lo pregunto.

—Pero si nuestra vida como mujeres hoy podría ser diferente, la tuya también, ¿no? Ya no te matarían, ¿verdad?

Federico resopló mirando hacia el techo.

—No lo sé, porque sé que a esta casa viene gente repleta de odio que agita fantasmas. Yo seguiría gritando quien soy. Yo no tenía ninguna escopeta, tan solo una pluma en mi mano y mi corazón. Y gritar la verdad es un desafío. Mi fusilamiento fue una lección para los demás. El resto ya sabía lo que le podía esperar. Nunca nada justifica matar a nadie, pero, cuando se quiere, las guerras son la excusa.

—¿Y para qué se hacen las guerras, Federico?

—Solo hay un motivo: el poder. Ese dinero que corrompe hasta las buenas almas, igual que los gusanos entran en el corazón de las manzanas. El dinero que está detrás de las injusticias sociales, que quita libros y quita el pan, y que produce la mayor podredumbre de la humanidad. Y por eso en la guerra inundan las mentiras, y por eso los seres de alma libre molestan. Frente a la muerte tenemos que responder con vida. Siempre. Y eso haremos hoy, Rosita.

La Conjuradora pidió disculpas por interrumpir y comunicó a Federico que todas estaban ya tras la gruesa cortina que había en un lateral de la sala. Él invitó a Rosita a que se uniera a ellas. La Conjuradora la acompañaba en ese camino, pero Federico la reclamó unos instantes mientras seguía peleándose con la corbata. Volvió a dejarla por imposible y cuando ya tenía a Dolores a su lado, desistió y la cogió de las manos.

—Conjuradora, debo pedirte otro favor, pero este no es para la obra, es personal.

—Tus ojos han cambiado, Federico.

Él pestañeó y tomó aire antes de hablar.

—No sé cómo acabará esto, pero, tú que puedes, si en algún momento llegas a contactar con mis padres, ¿les puedes dar un mensaje? —preguntó y esperó a que ella asintiera—. Pídeles perdón por si no estuve a la altura. Les causé un dolor inimaginable para siempre que nunca podré enmendar. Que si no fui a zona republicana fue porque sabía que irían en busca de papá y, para eso, yo debía morir, no él. Me odiaban a mí por no callarme ante la burguesía rancia, por maricón, por escribir. Diles que tengo unas ganas tremendas de contarles todo, menos las cosas feas, y que me acuerdo de ellos de la misma forma que mis pulmones se acuerdan de respirar. Y por encima de todo, y a pesar de todo, diles que peleo por sentirlos cerca cada día, que prometo solemnemente buscarlos como si fueran mis estrellas, que tengo hambre de abrazos y de recuperar besos muertos y que jamás olviden lo muchísimo que los quiero. —Los ojos de Federico brillaban y, de pronto, reflexionó sobre todo aquello que le había salido de su alma a borbotones y se le escapó una sonrisilla nerviosa—. Son demasiadas cosas, ¿no?

Dolores le devolvió una expresión cargada de ternura. Sostuvo unos minutos aquella mirada de necesidad profunda y adivinó que aquellas palabras eran un grito en busca de alivio.

—No te preocupes. Así será, Federico, así será.

Él lo agradeció con un gesto sincero y suspiró con fuerza para que la emoción no le superara. Para evitar el sentimiento, se centró en el presente y le pidió que lo ayudara a calmar a todas las mujeres, cuyas voces se pisaban. Ella marchó y él decidió dar un nuevo intento a la corbata. Desde la entrada, se escuchaba a todas tras la tela, revoltosas. Belisa y Zapatera, sobre todo, daban los últimos retoques, ordenando que se estuvieran quietas entre exclamaciones, quejidos y los nervios previos a la función. Cuando Federico se dirigió de nuevo al espejo, ya con el nudo de la corbata terminado, descubrió a Bernarda detrás de él.

—No quiero que se tome a mal el que no participe en la obra. Es solo que hay cosas para las que una no está hecha.

Federico asintió con aceptación y dejó que Bernarda se alejara unos pasos, a pesar de que por dentro se debatía entre si lanzarle o no una pregunta que le taladraba desde su asesinato, cuando recordaba a su propia madre Vicenta. De golpe, se decidió, y la llamó.

—Bernarda, antes de morir pensé mucho en ti. —Ella se paró y él se aproximó unos pasos para bajar su tono a un grado de confesión—. Te agradecería si en algún momento me puedes abrir tu corazón. Dime..., ¿cuánto sufre una madre cuando llega la muerte de una hija o de un hijo? Cuando no se cumple la ley de vida... Sé que Adela fue diferente, pero yo no quería morir, yo no quería. Yo tenía unas ganas intensas de vivir. Y mi dolor se dobla solo de pensar en la tortura de mi madre al perderme. Era en lo que más pensaba en aquel recorrido hacia mi muerte y lo que me sigue torturando cada día.

Bernarda tragó saliva, dio un golpe leve con el bastón en el suelo en busca de apoyo, y respiró, sobrecogida.

—Te decía antes... Hay cosas para las que una no está hecha. Tampoco ninguna madre está hecha para algo así. No pienses en ello. Las madres sabemos que solo queda la obligación de seguir.

Federico asintió, agradecido, y comunicó a Bernarda que ocupara su asiento junto a sus hijas y Poncia. Ya a solas, miró durante segundos su reflejo en el espejo, buscando un espacio personal, y aquellas inquietudes de siempre volvieron al galope. Esas preguntas internas sobre cómo hubiese sido su aspecto de anciano, si tendría el pelo blanco, de qué habría muerto o cuánto hubiese vivido. Sacudió la cabeza, como si quisiera que aquellas ideas salieran disparadas de su mente, y asumió que no había tiempo que perder. Se reforzó la corbata, se puso la chaqueta y llegó al salón, como si nada de lo anterior hubiera pasado. En su calidad de director, acudió tras la tela que las ocultaba entre bambalinas para dar algunas instrucciones, repartiendo folios y pidiendo calma. Todas se callaron. Entre aquel silencio, Federico subió al arcón como si fuera un escenario, decidido. Y, desde allí arriba, se colocó de nuevo su flequillo hacia atrás, se frotó el sudor de sus manos contra la americana y con una leve tos limpió su garganta antes de su presentación.

—Querido público. Cada persona hace un viaje interior ante momentos difíciles que parecen enviados por un adversario. Frente al derrumbe y la pesadumbre, vivir siempre es una alternativa y una obligación. Hoy traemos la obra *El viaje*, donde cada pasajera conocerá que hay trenes que no conviene dejar escapar y que hay viajes de los que nunca se puede regresar. Las viajeras llegan a este Barranco de la luna, en esta noche de estrellas frías y niebla gris, sin saber qué será de sus vidas. Pero antes, necesitamos a una protagonista principal que aún no está aquí.

Todas se miraron entre sí, sin saber a quién se refería. Federico cruzó la mirada con la Conjuradora y, en ese instante, ella se situó delante de la ventana, agitó las campanillas de su bastón con tres toques, levantó sus dos manos y desarrolló el poder de cambiar el cielo. Con unos movimientos circulares, modificó la trayectoria de la luna y las estrellas para situarlas tras la reja de la ventana. La habitación adquirió una iluminación brillante más potente sobre aquel haz de luz, que simulaba una especie de desfiladero. Todas emitieron un sonido de impresión y él sonrió, satisfecho. Ese sería el telón natural de aquella noche de teatro.

—Ahora sí, la obra puede comenzar.

Federico descendió del arcón de un salto. Poncia aplaudió con ganas y cautivada con aquel efecto, casi seguida de Angustias y Martirio, que se lanzaron en cuanto sintieron la aprobación de Bernarda. Poncia le extendió un manojito de piñones a Bernarda, que accedió a comerlos con ella.

Federico se escondió tras la tela y se le escuchó susurrar al oído de la Criada, que salió con su papel en la mano. Ascendió por las cajas hasta el arcón, que simulaba un peñón. Poncia, Bernarda y las hijas pudieron ver que Criada llevaba en su rostro lágrimas negras dibujadas.

—¿Por qué lloras? —le preguntó una voz extraña, que no lograron identificar—. Soy yo, la luna. Estoy aquí para ti.

Criada miraba hacia atrás, sobrepasada de la emoción, y avanzó unos pasos hasta ponerse casi de espaldas para hablar con ella. Miró el papel del texto escrito por Federico y que él le había enseñado a leer.

—Lloro porque no vivo la vida que soñé.

—Los sueños a veces pueden ser trampa o señal de liberación. Depende de lo que hagas de ellos. Hoy ya has empezado a leer, ¿no es así?

Criada volvió a mirar el papel para continuar, mientras un escalofrío recorría su cuerpo.

—Me han dicho que la estación es aquí. ¿A qué...? ¿A qué...? —titubeó hasta que, de nuevo, el cariño de los ojos de Federico que ella misma buscó, la impulsó—. ¿A qué hora pasa el próximo tren, querida luna?

—¿Está segura? A veces no tenemos que subir al primer tren que llegue, sino seleccionar bien el tren que necesitamos.

La luna, desde las alturas, explicó que estaban en una estación mágica, donde una vez cada año surgen dos trenes de humo al final de la noche, antes de abrir el día. La luna le ordenó que mirara su reflejo en el río que fluía a su izquierda y que tocara las aguas. Criada obedeció y tras el arcón, se agachó y mostró que de sus manos caía agua que ella alzaba. Tras hacerlo, la luna desveló cuál era su destino soñado: un universo de letras y páginas y libros y viajes.

—¿Cómo lo has sabido? Pero yo no puedo ir hacia allí, porque mi destino es otro e imposible. Igual que con estas rejas no puedo alcanzarte.

La luna ya no dio respuesta y Criada esperó de pie, tras el arcón, lejos de aquel faro de luz supina. Miró a Federico, que seguía tras la cortina, haciendo gestos. Ella le devolvió una sonrisa de orgullo. Él cerró los puños y los agitó, en señal de victoria. Trás la tela salió Rosita, que subió a la peña donde la esperaba la luna. En su rostro, llevaba estrellas dibujadas. La luna, a través de sus ojos reflejados en el río, adivinó de inmediato su deseo, antes incluso de que llegase a pronunciarlo, y la invitó a esperar con Criada. En cuanto llegó, Rosita la saludó y se presentó. Criada le preguntó por su destino.

—Un destino para ser libre —respondió.

—¡Como yo! He pedido un mundo donde pueda leer y escribir y viajar. Monja o trapo de fregar, decía mi abuela que era el destino de una mujer pobre como yo. Solo he vivido para limpiar por tener techo y comida, pero la vida debe ser algo más, ¿verdad?

—Lo es —respondió Rosita—. Me ha contado una bruja que unas mujeres que viven muy lejos de aquí, en América, salieron a la calle gritando «¡Pan y rosas!», porque la vida no es solo lo más elemental, sino también algo que nos llene el espíritu y nos replete de alegría por dentro. Yo no salía a la calle porque no quería ni ver cómo pasaba el tiempo. Las paredes de casa fueron un caparazón para mí. No he querido ver cómo pasaban las estaciones, ni cómo los críos se convertían en mozuelos ni

se casaban, ni en cómo moría ni nacía nadie... Quería una vida parada que no me hiciera consciente de que la mía se me iba. Y ahora no, ahora quiero coger todos los trenes que se crucen.

—Pero ¿cómo? ¿Qué remedio le dio la luna? ¿Cómo será usted libre?

—Decidiendo por mí misma —replicó Rosita—. Una ayola decía: «las mujeres sin novio están pochas, recocidas y rabiadas». Y no. Yo pensaba así porque así me lo enseñaron y no lo es. Porque no hay rabia donde hay un dolor sordo y hueco. No nacimos con esta zozobra, sino que eran los demás quienes nos acribillaban a preguntas y a rumores y a angustias si no cumplíamos lo que esperaban de nosotras. Y nunca nos enseñaron que, quizás, no teníamos que esperar nada de nadie ni los demás esperar nada de nosotras.

Poco a poco, tras pasar por la luna todas las mujeres, estas se fueron encontrando y hablando entre ellas en aquel trozo simulado del barranco, como si fuera la sala de espera de aquella estación fantasma. Belisa, con una luna dibujada en el rostro, compartió que su vida estuvo condicionada por el miedo absurdo a ser rechazada y que ahora sabía que su pareja se casó con ella solo por temor a quedarse solo. Novia, con una flor dibujada en sus mejillas, denunció su derecho a amar por encima de normas y esquemas. Mariana gritó su error y demandó haber sido comprendida. Yerma pidió localizar a Víctor y vivir junto al río, en paz. Incluso la Conjuradora se sumó a sus peticiones y dijo querer volver a Soportújar y no tener una vida de huida por ser bruja.

Magdalena subió junto a Amelia y solo pidieron a la luna «poder hablar sin miedo». Poncia miró de soslayo a una incómoda Bernarda, que se agitó en el sitio, sin soltar su bastón. Angustias y Martirio estaban atentas a sus hermanas. Magdalena dio un paso al frente, miró el papel que Federico le había entregado con su texto, hizo con él una bola y lo tiró al suelo.

—Hay obras de teatro que interpelan directamente al público y ahora así será, quizás, porque desde aquí arriba todo se ve diferente y no nos sentimos pequeñas, y porque a veces hay que bajar al fango para remover conciencias. Tenemos una noticia que decir alto y claro. Nosotras ya no volveremos a la casa de Bernarda Alba. Madre, agradecemos su esfuerzo no siempre acertado por mantenernos como mujeres en esta sociedad. Pero también tenemos la capacidad de pensar por nosotras mismas. No queremos volver a una vida en la que, por ser mujeres, tengamos que ocultarnos para que nadie dude de nuestra honra. El pueblo deberá entender que las hijas de Bernarda Alba ya no son unas niñas y que tenemos derecho a salir de él y volver cuando queramos encontrarnos con usted. No la vamos a olvidar, no huimos de usted, sino del universo que solo nos puede ofrecer. Ojalá esto sirva para que abra los ojos, madre, y se dé cuenta de que su verbo y sus palabras no son suyas sino de ese mundo de hombres en el que aprendió a manejarse desde pequeña.

Federico asomó su cabeza por la cortina y se fijó en cómo el pecho de Bernarda respiraba agitado; la Poncia vigilaba la reacción de su dueña, Angustias preguntaba a su madre cómo se encontraba y Martirio no pudo contener sus palabras.

—Espero que sea un texto de teatro escrito solo por Federico.

—No, hermana, ¿no ves que ni siquiera he querido leer?

—¿No os da vergüenza? ¡Aprovechar una obra de teatro para dañar así a madre! Adela os ha comido la cabeza y nos enfrenta. ¿No lo veis? —preguntó, exasperada.

Adela salió con premura de detrás de la cortina y subió al arcón, junto a sus hermanas.

—¡No, hermanas, no os equivoquéis! Esto no debe ser una guerra entre mujeres. No. Son los hombres como Pepe el Romano los que la alimentan; dirigen nuestras vidas remitiéndonos a nuestros instintos, azuzándonos a las unas contra las otras mientras ellos duermen tranquilos. Madre, usted me dijo: «la muerte hay que mirarla cara a cara», y eso hice yo, porque al no tener nada, mi vida era solo Pepe, pero ahora sé que de haber nacido varón me hubiese esperado otro destino. Como mujer, dime, Martirio, ¿qué futuro me esperaba a mí si salisteis todas dispuestas a matar a pedradas a la hija de Librada, la soltera? ¿Pensasteis por un momento por qué ella reaccionó así? Por la losa de ser mujer. Igual que Yerma. ¿Y por qué ahora regresáis a la misma condena? ¿Por qué no cambiáis unas normas que no habéis elegido? Porque, aunque creáis que estáis vivas, estáis muertas tras esas paredes de cárcel. Madre, ¿qué otra vida pudo ejercer sino la de ser mujer en un mundo dominado por hombres, a los que solo se les guarda la autoridad? ¿Qué otra cosa podía hacer salvo replicar sus normas y claves? Ya no la culpo, yo la libero de ello. Pero abra los ojos, abra los ojos...

Las tres hermanas bajaron del arcón y se fueron con las demás. Federico, conmovido en una esquina, esperó a Bernarda por si reaccionaba. Pero ella se mantenía impasible, como la roca de una montaña inalterable bajo el azote de la tormenta. Bernarda intentaba calmar su respiración, la única alteración visible, y miraba al frente, buscando una evasión entre las estrellas. Poncia, Angustias y Martirio no le quitaban ojo, esperando alguna réplica. Rosita, Novia y Yerma miraban los papeles que Federico les había entregado, pero estaban en blanco. No había nada escrito ni nada previsto sobre cómo continuar a partir de ahí. Todas devolvieron sus ojos hacia él, en busca del texto que les faltaba, y la luna les respondió con la verdad ante la incertidumbre.

—Vuestro poeta ha resuelto que seáis libres para decidir vuestro destino real. Ahora, todo depende de vosotras.

Y procedió a anunciar que el tren de humo estaba a punto de partir hacia el nuevo destino. Advirtió que el tren de los muertos sería el primero en salir, pero que a él no solo debían subirse quienes estuvieran fallecidas, sino también quienes quisieran seguir en su vida anterior y no elegida.

Todas sentían que algo las atenazaba a su pasado, a pesar de sus ansias de futuro, pero que aquel peso era mayor. Mariana se despidió con eternos abrazos de todas ellas, y Adela, con especial cuidado, abrazó entre lágrimas a sus hermanas Magdalena y Amelia. Eran conscientes de que, en el fondo, aquella despedida podía tener más de real que de ficción.

—Prometedme que lo haréis, prometedme que seréis felices —imploró Adela, mirando a sus ojos, y desde allí, a sus otras hermanas y a su madre—. ¡Debo irme! ¡Yo os perdono!

La luna avisaba de que el tren estaba próximo. Ordenó que todas se situaran sobre aquella peña donde habían hablado con ella y que, a la señal, saltaran. Allí estaban Adela, Mariana, Criada, Zapatera y Yerma, incapaces de dar el paso hacia otro rumbo. Justo en ese instante, la Conjuradora sopló sobre sus manos y un polvo negro cubrió la zona baja de la habitación. Cuando ya se intuía que sus cuerpos desaparecerían engullidos por aquella masa oscura al saltar, Adela dio un paso atrás y se fue hacia sus hermanas, mientras avisaba a Mariana, Criada, Zapatera y Yerma de que hicieran lo mismo. Había que anular aquel viaje. Todas se abrazaron dispuestas a explorar lo desconocido. Todas menos una, Yerma, que dijo desear quedarse protegida entre las paredes de aquel barranco para siempre. Rosita se acercó y le dijo al oído que ella bien sabía que esperar no servía. Que las salas de espera no conducen a nada, salvo a tiempos muertos y a caminos hacia ninguna parte.

La luna anunció que el tiempo la apagaría poco a poco y que, antes de desaparecer, tendrían que elegir quiénes se marchaban con ella en el tren de polvo blanco. Rosita preguntó a la luna cómo llegar hasta ella, si era un imposible por estar tan lejos. Y la luna respondió que si hasta en la fragua el fuego dobla al hierro, ellas podrían saltar todas las barreras de su camino.

La luna, desde las alturas, ordenó que se dieran la mano, que saltaran al río que fluía a los pies del barranco, y que el agua las arrastraría hasta su destino. Rosita, Belisa y Zapatera se dieron las manos las primeras, y se dispusieron en fila. Miraron atrás al resto de sus compañeras, que se sumaron a ellas poco a poco. La última fue Yerma. «Donde vaya una, vamos todas», dijo, mientras sostenía fuerte la mano de Adela. Cuando se disponían a dar aquel paso definitivo, Federico salió de pronto de detrás de la cortina, subió al arcón y le dio la mano a Rosita.

—¿Tú también? ¿Nos vamos juntos? —preguntó, emocionada.

—Ojalá esto no fuera un sueño sino una realidad.

—Pero ¿cuál es tu destino, Federico? No has hablado con la luna.

Él se giró hacia aquella luna tras la ventana. Aguardó silencio y esperó unos instantes a que se instalara un espacio íntimo y de confesión.

—Luna, me dejaste solo el día de mi muerte y ni siquiera pude hablar contigo. Ojalá mi último tren no hubiese sido con destino a mi sentencia de muerte, sino a una nueva vida donde mi corazón hubiese seguido latiendo a pesar de los pesares. Ojalá mi salto al vacío no hubiese sido al de una fosa tras un disparo y unas palabras que me atravesaron más que el propio proyectil. Ojalá aquel salto hubiese sido a un nuevo espacio de libertad. Yo viví el sentimiento de la esperanza muerta y no lo quiero para nadie. Oh, luna, si tú pudieses, de verdad, darme una nueva oportunidad de vivir, de escribir, de abrazar a mis padres y a mis amigos, y de despedirme... Y si yo no puedo, cumplidlo vosotras que sois mi voz y mi eco. En Nueva York devoré a un poeta llamado Walt Whitman. Él me transmitía en sus versos que el *carpe diem* debería de marcar nuestras vidas. El vivir, en toda su plenitud. Yo, del mundo real de los mortales, ya no puedo. No tengo otro futuro que depender de vosotras, de que nunca os calléis, de que el silencio jamás os amordace. Aprovechad el momento y sabed que en la vida todo es caduco, como la rosa que esta noche marca nuestro tiempo. No sabéis la cantidad de cosas que dejé de hacer en la vida. Si tuviera un solo segundo para recuperar una de ellas... Si vosotras podéis, reescribid vuestro destino. Valorad la grandeza de cada momento. Tened siempre el pálpito de que puede ser la última vez. Aprovechad cualquier mínima oportunidad de gozar. Tapaos los oídos ante el qué dirán, porque vuestra vida es solo vuestra y única. Soltad todas las amarras que podáis. Saltaos todas las reglas, todos los tabúes y los frenos creados e imaginarios para no arrepentiros después en el último suspiro. Y derribad todos los odios y enfrentamientos que no conducen a nada, porque os une más que lo que os separa. Tended puentes entre vosotras que sean imposibles de destruir. Y hacedlo ya, porque bajo tierra ya no vale de nada el lamento de lo perdido ni de lo sacrificado. Queridísimas mías, que me llenáis de orgullo... porque os siento como parte de mí, espero veros pronto y rebosantes de esperanza. No tengáis miedo a nada. Y frente a la muerte prometedme que siempre escogeréis el tren de la vida.

Rosita estaba desbordada de sentimientos. Apretó su mano con más fuerza a la del poeta.

La luna alertó que el sol avanzaba, que ella se desvanecería y, con ella, el hechizo del tren. Gritó que saltaran ya al río, que el tren estaba pasando por delante, aunque no lo vieran, como tantas cosas mágicas en la vida. Conjuradora sopló de sus manos un humo blanco que inundó la habitación y que formó la silueta de un tren. Antes de desaparecer en él, Federico y las mujeres se apretaron las manos, se miraron a los ojos y, a la vez, saltaron al vacío, mirando hacia la luna, lanzando un grito que retumbó en toda la Huerta: «Libreeeeees».

Luego se hizo un profundo silencio y una oscuridad completa.

La luna y las estrellas volvieron de golpe a su trayectoria real. Desaparecieron de la ventana y todo se sumió en un negro profundo. Con los ojos fuertemente cerrados, quienes los abrían poco a poco, solo asumían la certeza de encontrarse en una nueva dimensión que, quizás, las llevara de regreso a su vida de libro. Federico había escrito aquella obra para ayudarlas a poner punto final, pensaban todas.

De pronto, los primeros tonos del alba trajeron un haz de claridad y comprobaron que no estaban solas, sino que seguían dentro de la casa. Martirio y Angustias, cogidas todavía fuertemente de la mano, levantaron un poco sus cuerpos de la silla por si veían a las demás escondidas detrás del arcón, aunque no alcanzaban a verlo. Bernarda pasaba sus manos, rápida, por sus ojos húmedos y Poncia, llorando de emoción, rompió en un aplauso fortísimo, al que se sumaron Angustias, Martirio y, por último, Bernarda.

Poco a poco, las cabezas de todas empezaron a surgir de detrás del arcón. Mostraban unas sonrisas nerviosas, de ilusión, orgullo y reencuentro. Se abrazaban emocionadas, sabiendo que se tendrían las unas a las otras para siempre. Federico se incorporó, llorando, sobrepasado, porque sus mujeres ya habían saltado hacia la vida. Todas se fueron hacia él y lo rodearon con un abrazo roto por una ovación que se contagió entre todas. Bernarda, Poncia y sus hijas se pusieron de pie para aplaudir, y Adela corrió a abrazar a sus hermanas Angustias y Martirio. De pronto, aquel alboroto se rompió por el sonido de un trueno fortísimo y María Josefa apareció tras la ventana para avisar:

—¡Que la luna y las estrellas están tiritando y se marchan! ¡El cielo llora de emoción y nos limpia por dentro!

Todas se miraron aturdidas, conmovidas por otro enorme trueno que trajo, de golpe, una manta de agua al exterior. La anciana se reía, bailando fuera, bajo la tormenta.

—¡Federico! —exclamó Rosita—. Ese olor que decías... Es tu lluvia de verano. ¡Salgamos!

Él asintió entre lágrimas, y el grupo de mujeres corrió para salir por la puerta verde hacia el jardín. La Zapatera y Belisa corrieron a saltos hasta los bancos de la entrada y se subieron en ellos para dejarse empapar aún más por el agua. Yerma, Conjuradora y Novia daban brincos sobre los charcos, dándose la mano entre ellas y riéndose a carcajadas, a las que se sumó Criada. Y las hijas de Bernarda también salieron y, con los ojos cerrados, elevaron sus caras al cielo para entregarse a la capa de agua junto con una Adela que no paraba de abrazarlas entre risas. Bernarda también quiso salir de la casa y se acercó a sus hijas. Ellas abrieron los ojos, esperando una reprobación enérgica de la madre, pero ante ellas, incluida su propia Adela, rompió su bastón y lo tiró al suelo antes de fundirse en un abrazo con todas. Reían, lloraban, chapoteaban y danzaban junto a una María Josefa que brincaba con su oveja, ya despierta, de un lado a otro. Desde los bancos, Zapatera gritaba el nombre de Rosita para que se sumara a la lluvia. La joven avisaba de que tuvieran un poco de paciencia. Se había retrasado para quitarse los zapatos. Quería sentir el barro en los pies. Cuando salió de la casa y empezó a mojarse, sonrió con plena felicidad y dio unos pasos hacia ellas, pero se frenó en seco para buscarlo en la puerta verde. Allí, descansando su cuerpo sobre el dintel, estaba él.

—¡Federico! ¿No vienes?

Con los ojos vidriosos, sonrió y sacudió las manos.

—Luego vengo, voy a ordenar y recoger esto. Disfrutad vosotras.

Rosita presintió que no era del todo cierto. Corrió hacia él, que avanzó unos pasos hasta sentir la lluvia, y le dio un abrazo del que no se quería deshacer bajo el agua. Ella se acercó a su oído.

—Ya he entendido el final. Gracias por todo.

Federico la besó en la mej illa.

—Gracias a ti por llamarme, mi valiente Rosa.

—¡Pues pienso hacerlo más veces, que lo sepas! ¡Quiero escribir de nuevo mi historia! ¡Quiero ir a los teatros y gritar que mi vida ya no es así!

Él sonrió por la ocurrencia y pensó en ella cuando solo era una evocación vaga en su cabeza durante la escritura.

—Ahora lo veo, Rosa.

—¿El qué?

—Cuando me fusilaron pensaban que conmigo os asesinaban también a todas vosotras y que os enterraban conmigo en la fosa, pero no. Aunque me mataran a mí, vosotras estaréis siempre vivas. Y por eso, yo os debo que ahora seáis libres, incluso de mí.

—No callaremos nunca tu nombre, Federico. Nunca lo borrarán. Y no me llores... —le dijo, mientras acariciaba su cara.

—No lloro yo. Ya sabes... son las lágrimas de la luna.

Rosita, ante los reclamos a gritos de sus compañeras, le soltó la mano y se dirigió hacia ellas, no sin antes volverse para verlo, por si era la última vez. Él, desde el umbral, le lanzó un «tira pa'lante, vuela». Y ella obedeció. La joven se sumó a aquella danza de alegría, mientras él divisaba la lluvia de felicidad de sus protagonistas, que ya se sentían libres.

Las gotas caían tan juntas y densas que conformaron una manta blanca que desvió su mente al pasado. En su imaginación se cruzó la imagen de su madre ahí fuera corriendo a taparse de la lluvia, de su hermana Conchita saltando en los charcos y de él, comportándose como un niño, dejándose mojar. Y de que llamaría a su hermano Francisco y los dos mirarían desde la puerta los dos cipreses que tenían sus nombres, aunque ahora el suyo estaba arrancado. Y que

su padre lo llamaría a voces para que cerrara la puerta y entrara en la vivienda ante semejante diluvio.

Federico se giró hacia el interior de la casa, como si obedeciese la palabra de su padre, e inició un recorrido nostálgico por el recibidor. El vocerío de las mujeres bailando bajo la lluvia pasó a ser casi un eco lejano en su mente. Mientras avanzaba por la entrada, en su cabeza tenían más poder los sonidos de su huerta. El «mamá sonríe un poco» que le dijo al oído durante la foto en el diván, el de Conchita correteando en el piso superior, el de su tía ayudando a su madre a guardar ropa en el arcón, el del batir los huevos desde la cocina, el del borboteo del café... Se apartó de la cocina y fue entonces, cuando reparó en la escalera de la casa. Aquel camino que ascendía a un pasado al que le costaba regresar. Recordó la última vez que la descendió, muerto de miedo, para no volver.

Tocó el pasamanos barnizado de la escalera y sintió como si una voz le dijera «sube», pero otra le atrapara y le anclara al suelo. Abandonó la idea y caminó hacia el salón, con la intención de despedirse de la casa. Observó aquel montaje improvisado de teatro. Se acercó al piano para tocar unas cuantas notas musicales. Asumió que en aquella casa dejó de sonar la música para siempre en 1936 y recordó las últimas palabras que había pronunciado en la obra. «Tened siempre el pálpito de que puede ser la última vez».

El murmullo de las mujeres volvió a brotar con intensidad desde fuera, riendo y bailando, pero Federico observó de nuevo la escalera, que ejercía sobre él un profundo magnetismo. Se detuvo. Sujetó con fuerza el pasamanos y subió sus pies al primer escalón. Algo, dentro de él, le hacía sentir que aquella escalera lo elevaba. Respiró. Se sacudió el miedo y empezó a ascender uno tras otro, casi flotando, despacio, asumiendo que cada paso era un logro. Hizo una pausa en el descansillo de la ventana ojival, donde sintió que los chopos de fuera coreaban su nombre para impulsarle a seguir, y miró el último tramo que lo llevaba hacia la planta superior. Inspiró con fuerza y terminó de recorrerlo en el sentido inverso a la última vez... Volver. Ahora sí que había vuelto.

Arriba, abrió la puerta del que había sido el dormitorio de sus padres y comprobó que ahora era una habitación repleta de fotos de los suyos y de él mismo. Los truenos aún retumbaban en las paredes de la casa, mezclados con las risas desprovistas de miedo de las mujeres. Con rapidez, repasó algunas de las imágenes de él y sus orígenes. Observó la mirada de su padre, de su madre, de sus tíos, de sus sobrinos, de las vecinas... y valoró la fortuna que habían supuesto todos aquellos momentos.

Salió de la habitación, se secó las lágrimas y miró hacia su izquierda. Él, que se había enfrentado a un pelotón de fusilamiento, ahora estaba paralizado y angustiado solo con la idea que le rondaba la cabeza. *Carpe diem,* recordó. Se convenció. Caminó en aquella dirección. Hizo una pausa antes de subir su pequeño escalón y giró su rostro. Allí, su dormitorio fue revelándose poco a poco ante él. La colcha de su cama, la ventana, y su escritorio.

Permaneció en la puerta, quieto, reconociendo aquel lugar iluminado por unos escasos rayos de claridad nublada. Recordó los últimos rezos y sus últimas mentiras piadosas para evitar disgustos, como convencer a su hermana de que no pasaba nada o asegurar a su madre que él siempre estaría bien. Y en su interior no pudo impedir que le atravesaran las lágrimas de su madre cuando, tras ser fusilado, tuvo que limpiar aquel dormitorio repleto de recuerdos, aquella mesa llena de personajes insuflados de una vida imaginaria y pendiente de estrenar, y de aquella ropa aún caliente que cubrió a un cuerpo que jamás regresaría.

Federico dio unos pasos por aquella estancia. Se persignó ante la Virgen de los puñales que seguía sobre su cabecero. A ella le dedicó los últimos rezos con la mayor fe que pudo para invocar su ayuda antes de salir de aquella casa, sin éxito. Se sentó en su cama, como había hecho durante años. Acarició la colcha de hilo con formas de estrellas bordada por su madre. Se levantó hacia la pared para reconocer los cuadros que estaban allí colgados. Sonrió con el dibujo en el que Santiago Antañón lo había retratado junto a Mariana Pineda, y se emocionó con la dedicatoria de Alberti en el primer dibujo que le regaló: «A Federico García Lorca, esta estampa del sur en la inauguración de nuestra amistad. 1924». Luego posó su mirada en

el cartel de La Barraca y en su rostro brotó una sonrisa cargada de anécdotas y de escenas irrepetibles por los pueblos de España. No quería centrar su mirada aún en lo más importante para él.

El trueno retumbó y agitó los cristales de la casa. Se acercó a la ventana. Tras las gotas de lluvia que se deslizaban por el cristal, vio a las mujeres divertirse en el jardín. Recordó su verso: «Si muero, dejad el balcón abierto». Por fin, abrió las ventanas de par en par. Se asomó de nuevo a su balcón pequeñito, rodeado de jazmines. Respiró el aire de Granada con todos sus pulmones. Tocó agradecido las gotas de lluvia, arrancó un jazmín para olerlo y saludó a sus protagonistas lanzándoles besos que ellas correspondieron. Pensó unos instantes en aquellas costumbres pasadas que le arrebataron, como le arrebataron los folios y la tinta para que sus ideas no quedaran por más escritas.

Desde allí arriba pensó en los últimos instantes vividos. El de aquellos coches que asaltaban la finca con la excusa de buscar a sus amigos o aquella conversación en el carril de entrada con Valdivieso, a quien preguntó si él podría escapar de allí. Y luego aquel asesinato. Y luego, la orden de que su nombre se olvidara y de que sus libros desaparecieran, cubiertos de miedo y silencio. Sin saber que hay nombres y corazones que no mueren nunca.

Descartó todo aquello. Su pasado ya no se podía cambiar, pero sí aquel presente que expiraría en breve. Se giró y sonrió, nervioso ante lo que pensaba. Le robaron aquella noche del 18 de agosto de 1936, que podría haber sido una noche como otras tantas de verano en su huerta, con personajes revolucionarios que nunca nacieron y que callaron junto con él.

Federico dejó la ventana abierta, como antaño. Respiró profundamente y, ahora, ya, llevó sus ojos hacia su mesa, con su cenicero en la esquina. Se aproximó a ella. «Volvemos a vernos, vieja compañera», le susurró, mientras palpaba de nuevo su tacto de madera. Retiró, por fin, su silla. Y se sentó de nuevo en la mesa de donde nunca quiso haberse levantado aquel verano. La mesa donde quedaron abandonadas todas sus historias y todos sus recuerdos.

LA BARRACA
TEATRO
UNIVERSITARIO
UNIÓN FEDERAL DE ESTUDIANTES HISPANOS

MAÑANA DEL 18 DE AGOSTO

Como cada mañana, Juanjo acudía puntual a la apertura de la Huerta de San Vicente. Llevaba décadas trabajando allí como conservador y conocía cada rincón de aquella casa mejor que la suya propia. Sostenía su paraguas sin despegar la vista del suelo, sorteando charcos de fango por la lluvia. En la otra mano, sus dedos jugueteaban con aquel manojo de llaves donde estaban las de la puerta verde de Federico.

El teléfono móvil sonó. Sacó la mano de debajo del paraguas para comprobar que ya apenas caían gotas y decidió cerrarlo para atender la llamada, que sonaba sin cesar. Intentó plegarlo con rapidez, mientras maldecía su poca destreza, y sacó su móvil de su bolsillo. Sin soltar las llaves de la mano, atendió la llamada a la vez que contemplaba sorprendido lo que el paraguas le había impedido ver hasta ese momento. Al otro lado del teléfono estaba una de las guías de la casa, que disculpaba su retraso por un problema de tráfico y se quejaba de tener que llamarlo siempre, por no tener datos en su móvil donde enviarle mensajes breves escritos.

—Déjame que con este teléfono antiguo me basta. Y no te apures en venir porque hoy no podemos empezar las visitas guiadas en hora. Esto está hecho una pena.

—¿Por la lluvia o son otra vez actos vandálicos? —preguntó la guía.

—Lo segundo, hija. No hay semana que no falten, ya lo sabes. Cuando no es una cruz pintada, o romper los setos, es cualquier otra cosa. Pero qué podemos esperar si cada ciprés que hemos plantado representando a Federico ha sido arrancado y ha desaparecido. Si son capaces de llevarse un árbol de metros, cómo van a tener en consideración todo lo demás. Si no respetan ni los árboles ni la casa, cómo van a respetar la memoria. No te puedes imaginar el panorama que hoy tenemos aquí.

La mujer continuó hablando al otro lado del teléfono. Confesaba estar preocupada ante los ataques de la última semana y que había pedido ayuda a las autoridades sin éxito. Pero Juanjo, de pronto, se fijó en que aquel desorden no era el habitual. Se despidió de su compañera, quien aseguró estar a unos cuatro minutos de la huerta, y colgó la llamada. No quiso comunicarle que la puerta de la casa estaba abierta esta vez.

Reparó en que fuera, sobre la tierra y en los bancos, no había los habituales trozos de vidrios ni cascos de botellas, de las noches de borrachera. En su lugar había trozos de leña quemada, como si hubiesen hecho una hoguera de verano. A unos metros había una corona de flores blancas sobre un charco. Abrió la puerta entornada con delicadeza y asomó su cabeza preguntando si había alguien dentro de la casa. Nadie respondió.

Nada más entrar, Juanjo observó que el arcón no estaba en la entrada y que alguien se había sentado en el diván. Cuando entró en el salón vio tejidos desparramados por el suelo, el arcón, la tapa del piano abierta y sillas esparcidas por toda la habitación. Caminó entre los restos con la intención de cerrar la ventana de la casa, que permanecía abierta. Cuando fue a cerrarla pestañeó, con asombro, dudando de si acababa de ver a una oveja escaparse entre los setos.

Caminó hacia la cocina. Comprobó que el horno tenía unas piñas abiertas, que las ollas estaban llenas de agua y que las sillas estaban desplazadas hacia la despensa. Se asomó por el pasaplatos y, desde allí, inspeccionó el comedor: el mantel estaba levantado y sobre la mesa había vasos con restos de limonada. Retrocedió hasta esa estancia y observó que la vajilla estaba cambiada de sitio y que el gramófono tenía puesto un disco de pizarra de Bach.

Su corazón palpitaba, alertado, y decidió apresurarse hacia el piso superior, pero cuando superó el umbral del comedor, retrocedió unos pasos. Se aproximó al jarrón de cristal que siempre tenía flores secas y comprobó que, en su lugar, había una rosa desnuda. Se agachó al suelo a tomar unos pétalos de rosa blanca. Los acarició. Recapacitó y, sin dudarlo se dirigió con presteza hacia las escaleras, mientras de sus labios brotaba una risa incrédula.

Subió con rapidez los escalones hasta la planta superior. Abrió de par en par las puertas de la sala de fotos. Comprobó que no había nadie y caminó, acelerado, hacia el dormitorio de Federico. Allí lo confirmó. Las puertas del balcón estaban abiertas.

Juanjo intentaba contener una sonrisa nerviosa que brotaba una y otra vez, mientras se mordía el labio, removía su cabello con su mano y asumía lo que estaba viviendo. De pronto, un gorrioncillo se apoyó en el balcón y gorjeó unos instantes con una fuerza fuera de lo común, aunque no supo si lo hacía para reclamar su atención o bien porque saludaba a un grupo de mariposas de diversos colores, que en ese momento revolotearon entre ellas al ritmo del canto del ave. Aletearon a su alrededor y se alejaron junto con el vuelo que levantó el gorrión.

Juanjo las vio marcharse ilusionado. Inspiró el olor a tierra mojada del jardín y creyó ver un arco iris a lo lejos. Avanzó para intentar contemplarlo mejor, pero su atención se desvió hacia la mesa del escritor. Observó el cajón derecho abierto, con su mancha de tinta, y reparó en un puñado de folios que había sobre el pupitre. Su respiración se entrecortó. Se llevó las manos a la boca y se sentó en la silla del poeta para coger aire y tratar de dominar sus piernas, que le temblaban. Su compañera entró en la habitación y comprobó su rostro aturdido y casi blanco.

—Juanjo, ¿estás bien? ¿Qué ocurre?

Comprobó que no podía pronunciar palabra, que sus ojos estaban al borde del llanto. Él volvió a bajar la mirada hacia aquel grupito de folios escritos a mano en una caligrafía reconocible y cuya primera página tenía una luna llorona dibujada bajo el título de una obra: «Mujeres libres». Juanjo se secó las lágrimas de emoción y, con la voz entrecortada, miró a su compañera para responder:

—Federico vive.

GALERÍA DE PERSONAJES

DOÑA ROSITA. Vive con sus tíos y su ama. Lleva toda una vida esperando a su primo, con el que se comprometió de joven. Él emigró a Buenos Aires y nunca jamás regresó. Desde entonces la llaman «la Soltera».

LA ZAPATERA. Su matrimonio concertado con el Zapatero se rompe por las continuas peleas entre ambos. Sola, intenta sobrevivir en una taberna hasta que asume querer volver con él.

BELISA. Tras un matrimonio concertado, se convierte en la esposa de don Perlimplín, un hombre poco agraciado físicamente. Luego se enamora de un desconocido que resultará ser su propio marido disfrazado.

BERNARDA ALBA, FAMILIA Y SERVICIO. Tras el suicidio de su hija Adela por amor y rebeldía, Bernarda obliga a sus hijas, a su madre y a sus sirvientas, Poncia y Criada, a vivir en un mar de luto, encerradas en casa.

NOVIA. En la misma noche de bodas, abandona a su novio para huir con Leonardo. Una disputa al alba acaba con los dos hombres asesinados. Desde entonces vive sola, perdida y repudiada.

YERMA. Una joven desdichada cuya incapacidad de concebir la hace vivir sumida en la infelicidad. Cada vez se vuelve más conflictiva consigo misma y se ve consumida por este deseo frustrado.

DOLORES, LA CONJURADORA. Es la hechicera a la que Yerma acude para que, con sus ritos, la ayude a quedarse embarazada y a cumplir su sueño de maternidad. Tras asesinar Yerma a su marido, la bruja la acompañará el resto de sus días.

MARIANA PINEDA. Inspirada en un personaje real, es víctima de la represión en la Granada de 1831 tras bordar las palabras Libertad, Igualdad y Ley en una bandera. Por proteger a su amado asume su destino de ser ejecutada.

AGRADECIMIENTOS

Este libro no hubiese sido posible sin las personas que me acompañan.

Gracias a Leticia Dolera. Por apoyarme cuando ni había empezado a escribir, escuchar mis dudas, contagiarme tu ilusión y empujarme hacia delante. Y por encima de todo, hermana, por nuestras confidencias.

Gracias a Máximo Huerta. Por darme alas y quitarme miedos ante este proyecto. Estamos lejos pero siempre cerca. Sabes que te siento como mi Federico particular.

Gracias a Paz Vega. Por emocionarte conmigo como si este proyecto fuera tuyo, por acompañarme en cada página, darme seguridad ante la incertidumbre y cuidarme tanto, siempre. No te suelto la mano, hermana.

Gracias a Juan Diego Botto. Por traerme a Federico a la vida, por ser profunda inspiración, por tu generosidad en mis proyectos, por tus ojos de ilusión cuando te hablé de este libro y por estar. Siempre te lo dije: parte de Federico vive en ti, en tu arte y en tu ser ante la vida. Eres ejemplo.

A mi equipo... Javier Ortega, nunca olvidaré aquella primera llamada en Correos sin saber que eras tan admirador de nuestro Federico. Gracias por valorarme, por vivir tanto cada página, por tus abrazos, palabras de aliento y confianza ciega en mí. Has sido el mejor editor que he podido tener. Y gracias por ponerme en el camino a dos mujeres increíbles. A Barbara Burani, por su profesionalidad, cariño y paciencia constante. Y a Lady Desidia, por decir sí, por impulsarme cuando estaba perdida, por tu magia en el dibujo, por dejarme descubrir contigo, por hacerme llorar de alegría y por dar forma a mis personajes. La visita a la Huerta siempre será nuestro viaje.

Juanjo (Juan José García), conservador de la Casa Museo de la Huerta de San Vicente, gracias por tu emoción y detalle para resolver nuestras dudas y por tu extraordinaria bondad en aquella visita. Fue inolvidable. Gracias por cuidar y mimar tanto la memoria de Federico.

A mi familia, en especial a las mujeres de mi vida. Gracias a mi madre y a mi padre, por darme la educación y valores que están tras este texto. A la educación pública, por ayudarme a leer y por aquella clase en mi instituto Litoral sobre *La Casa de Bernarda Alba* que cambió mi vida. A mis hermanas, Irene y Eva, por tantas cosas que solo nosotras sabemos. Por leerme, escuchar mis dudas siempre y por aquellos análisis de Federico para selectividad que heredé de vosotras. Qué hubiese sido de nosotras sin aquellos dictados de mamá.

A mi tita Mari... Gracias por abrirme los ojos, tratarme como a una hija y regalarme aquella *Casa de Bernarda Alba*, sin saber la verdad de lo que significaba para mí. Así has estado cada día conmigo, con ese libro a mi lado. Da besos a la yaya, tita y yayo.

Gracias a Rosita, Bernarda y familia, Mariana, Novia, Zapatera, Belisa, Yerma, Conjuradora, Poncia y Criada... por conmoverme y removerme. A las tantas mujeres que, como ellas, siguen luchando y a las que me han dado la mano estos años.

Y gracias, desde el alma de mi corazón, a mi Federico. Por aparecer en mi vida, por la calma y las respuestas cuando te leo, por curarme las heridas siempre que se me abren, por protegerme del dolor, aunque no estés. Te debía un libro, por aquel tuyo que tuve que vender. No te conocí, pero eres familia. Allá donde estés, te quiero. Las buenas personas nunca mueren. Te echamos de menos, terriblemente de menos.

A.B.

A Javier Ortega y Barbara Burani, nuestros editores, por su sensibilidad, dedicación y pasión. Gracias por confiar en mí para dar color a las mujeres de Federico.

A Juanjo García, por su amabilidad al abrirnos de par en par la puerta verde de La Huerta de San Vicente y compartir con nosotras los escondites e historias de esta casa de verano.

A Fernando García, por compartir conmigo azucenas y Alhambras bajo la luna gitana del Albayzín.

Y gracias de corazón a Ana Bernal-Triviño, por emocionarme hasta la médula dando voz a estas mujeres. Por hacerme amarlas a todas. Por su bravura, su absoluta generosidad y por ser la mejor compañera de viaje.

L.D.

Ana Bernal-Triviño es profesora e investigadora en la Universitat Oberta de Catalunya (UOC) y periodista en *Público*, *El Periódico* y *La Hora de La 1* en TVE.

Por su trabajo a favor de los derechos humanos y en defensa de los derechos de la mujer ha recibido numerosos reconocimientos y premios, entre ellos, la Cruz del Mérito de la Guardia Civil, concedido por el Ministerio del Interior.

Es autora del ensayo *No manipuléis el feminismo. Una defensa contra los bulos machistas* (Espasa, 2019).

Detrás de la firma Lady Desidia está Vanessa Borrell, una artista con una sólida formación académica, una sensibilidad única y un estilo inconfundible que le han permitido convertirse en un referente de la ilustración actual en nuestro país.

Ha participado en numerosos proyectos editoriales y es autora del libro ilustrado *El jardín secreto de Virginia Woolf* (Lunwerg, 2020).

AMOR
AMOR
AMOR

AMOR
AMOR
AMOR